„ .. Kaum eine andere der vielen Veröffentlichungen über diesen ein-
zigartigen Archipel, die ich kenne, ist so lebensvoll und anrührend wie
diese höchstpersönliche Dokumentation, die Margret Wittmer und ihre
Familie vor dem Vergessen bewahrt!"

Dr. rer.nat. Arnd Wünschmann
20 Jahre Direktor von WWF-Deutschland

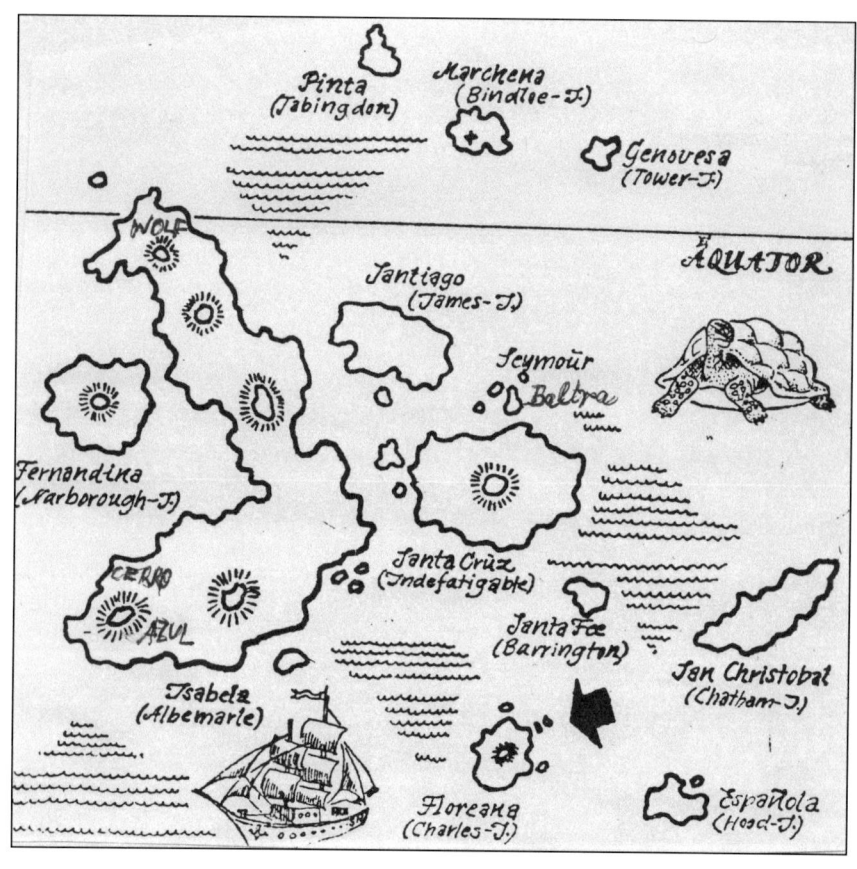

Galápagos - Archipel

Señora Margarita an ihrem
Lieblingsplatz, der Schreibmaschine

Postlagernd
Floreana actual

Galápagos

2015

Margret Wittmer, die 'Lady von Floreana'

Luise Maria Dreßler

Postlagernd Floreana actual (1960-2015)

wurde 1994 erstmalig nur für Margret Wittmer geschrieben
als sie 90 Jahre alt wurde.
2001 und 2015 wurde es ergänzt und nach ihren Briefen im Einverständnis mit ihrer Familie veröffentlicht.

Es ist die Fortsetzung des Buches von

Margret Wittmer
Postlagernd Floreana   (1932-1959)

1959 beim Heinrich Scheffler-Verlag und bei der Büchergilde Gutenberg in erster Auflage erschienen.

Die zweite Ausgabe wurde 1983 bei der Büchergilde Gutenberg, Frankfurt-Main, und beim Deutschen Bücherbund, Stuttgart, veröffentlicht und neu bearbeitet von Luise Maria Dreßler.
ISBN 3 - 7632 - 2811 x

POSTLAGERND FLOREANA wurde in 15 Sprachen übersetzt.

Fotos: Aus dem Besitz der Familie Wittmer
        Wolfgang H. Scheller, Eckernförde
        Manfred Meller, Dietzenbach
        Charlotte Rückert, Hannover
        Luise Maria Dreßler, Frankfurt/M.

Gesamtherstellung: Luise Maria Dreßler

Galápagos

Das letzte Paradies der Welt !

Immer wieder berichten Presse, Rundfunk und Fernsehen über die Galápagos-Inseln. Verheerende Brände bringen die einheimische Tierwelt in der 'Arche Noah' im Pazifik in Gefahr.

Die Riesenschildkröten und die Landechsen, die es nur hier auf der Welt gibt, sind bedroht.

Natürlich wurde Galápagos im Laufe seiner Geschichte schon von vielen solcher Katastrophen, verursacht durch die Vulkanausbrüche, heimgesucht, denn dieses Gebiet ist die aktivste vulkanische Region der Welt. Jedoch hatten früher die Menschen noch nicht in die ökologische Ordnung der Inseln eingegriffen.

Seit der Entdeckung durch die Spanier im Jahre 1535 haben sie fleißig daran gearbeitet, die Inseln in ihrer Einmaligkeit zu zerstören. Schildkröten wurden in Riesenmengen getötet und Rinder, Ziegen und Hunde auf den Inseln ausgesetzt, die den einheimischen Tieren den Lebensraum nahmen.

Galápagos - aus Wittmers Privatzoo

Erst in der zweiten Hälfte des 20. Jahrhunderts wurde durch die Gründung der Charles-Darwin-Gesellschaft vieles unternommen, um den ursprünglichen Zustand der Inseln wieder herzustellen.

Schon ein Inka-König mit dem klingenden Namen Tupac-Yupanqui sah die Inseln brennen.

Er nannte sie 'Ninachumbi', das heißt 'Die Feuerinseln'.

Aber niemand glaubte so recht an diese Geschichten. Die Spanier hatten in Peru ihr Goldland gefunden und ließen sich davon nicht ablenken.

Nach der Entdeckung von Galápagos, das seinen Namen von den Riesenschildkröten erhielt, wurden die Inseln zu einem Stützpunkt für Piraten, Freibeuter und Walfischfänger, die 1793 auf der Insel Floreana ein Postamt errichteten, indem sie eine Tonne aufstellten, die bis 1950 noch als Postamt benutzt wurde.

Vorbeikommende Schiffe nahmen die Briefe mit und gaben sie irgendwo an ihrem Weg auf.

Die nächsten drei Versuche im 19. Jahrhundert dauerten kaum länger. Erst in den zwanziger und dreißiger Jahren des zwanzigsten Jahrhunderts kamen erneut ekuadorianische und europäische Auswanderer auf die Inseln.

Fast alle sind wieder gegangen. Im Sommer 1932 machten sich auch Heinz und Margret Wittmer aus Köln auf, um eine Insel im Pazifik zu erobern, von der sie glaubten, sie könnte das Paradies für sie werden.

Sie suchten sich die kleine Insel Floreana aus, weil sie erfahren hatten, dass dort eine Quelle sei und alle Möglichkeiten, eine Farm zu gründen. Und es gab einen Arzt, dessen Fall durch die Weltpresse gegangen war.

Dr. Ritter, der 1929 mit seiner Gefährtin Dore Strauch-Koerwin nach Floreana gekommen war. Er hatte sich in Berlin alle Zähne ziehen lassen, weil er diese im Paradies für völlig überflüssig hielt.

Ritters schienen über den neuen Zuwachs wenig erfreut zu sein und rechneten nicht damit, dass die jungen Abenteurer lange bleiben würden. Aber den Wittmers blieb keine Wahl. Sie hatten nur noch 20,- RM. Also begannen sie, das Land zu kultivieren.

Am 2. Januar 1933 brachte Margret ihren Sohn Rolf zur Welt, der erste Eingeborene von Floreana.

Das Leben wäre vielleicht ganz erträglich geworden, wenn nicht ein Störenfried aufgetaucht wäre, - die Baronin Eloise Bosquet-Wagner-Wehrborn mit drei Vasallen.

Sie gebärdete sich als Herrscherin der Insel, säte Zwietracht zwischen Ritter und Wittmer und sorgte für neues Aufsehen in der Weltpresse. Als die Baronin eines Tages mit einem ihrer Liebhaber spurlos verschwand, verdächtigten sich die übrigen Inselbewohner gegenseitig. Bald darauf starb Dr. Ritter als Vegetarier an Fleischvergiftung.

Es wurde nicht still um diese unselige Insel Floreana mit dem schönen Namen, der wie eine Blume klingt.

Nun waren Wittmers bald völlig allein auf Floreana, nachdem auch Frau Dore wieder nach Deutschland zurück gereist war.

1937 wurde Inge-Floreanita geboren, die zweite Eingeborene der Insel. Viele Jachten besuchten die Familie, darunter auch Graf Luckner, der allen imponierte, weil er einen dicken Katalog zerriss.

Maruja, die Frau des Hafenkapitäns, der von der Regierung eingesetzt worden war, obwohl niemand so recht wusste warum, erzählte noch lange davon.

Und Thor Heyerdahl, der berühmte Weltumsegler, klärte hier ein Rätsel, das die ganze wissenschaftliche Welt entzweite.

In den Bergen von Floreana war ein Steinkopf gefunden worden, den man den Inka zuschrieb. Aber Heinz Wittmer musste bekennen, dass er den Kopf für seine Kinder gemeißelt hatte.

Rolf mit 'Inka'-Kopf'

Thor Heyerdahl (Mitte) mit Dr.Reed, Arne Skjölsvord, Erling Graffer und Carl Angermeyer - an der Black Beach

Neben all ihrer Pionierarbeit hat Señora Margarita auf Floreana 'Buchführung im Paradies' gemacht. Das Ergebnis ist ihr Buch POSTLAGERND FLOREANA, das spannend über die Geschichte und das Leben auf Galápagos berichtet. Mit einer Auflage von 150.000 Exemplaren, in 15 Sprachen übersetzt, ist es zu einem geheimen Bestseller geworden.

Eine Reise zu den Galápagos-Inseln ist ein großes Abenteuer, auch wenn es heute einfacher geworden ist, diese Inseln zu erreichen, einfacher als im Jahre 1932, als Heinz und Margret Wittmer mit ihrem Sohn Harry Deutschland verließen und die Insel Floreana zu ihrem Wohnsitz wählten.

Wenn man heute nach Galápagos kommt, glaubt man sich noch immer am Ende der Welt. Aber die Beobachtungen, die man hier unter dem brennenden Glanz der Äquatorsonne macht, sind so einmalig und faszinierend, dass man Erinnerungen für das ganze Leben zurückbringt.

Auf den verwunschenen Inseln

Ich hatte das Glück, die Galápagos-Inseln besuchen zu können.

Mein besonderer Wunsch war, Margret Wittmer wiederzusehen, der ich 1959 in Deutschland begegnete, als das Buch POSTLAGERND FLOREANA zum ersten Male veröffentlicht wurde, und die ich damals auf vielen Wegen begleiten konnte.

Bei unserem Wiedersehen 1981 war ich tief beeindruckt von ihrer unveränderten Lebhaftigkeit.

Señora Margarita, so wurde sie respektvoll auf den Inseln genannt, hat fast ihr ganzes Leben auf Floreana verbracht. Niemals bisher hat jemand eine so lange Zeit dort gelebt, und auch heute berichten Rundfunk und Presse noch immer über sie. Sie ist für die Galápagos-Inseln eine nicht mehr wegzudenkende Institution.

Ihre Pionierleistung erinnert an Alexander Selkirk, den berühmten Schiffbrüchigen, der von 1705 bis 1709 vier Jahre und vier Monate auf der Insel ‚Más a Tierza' (heute ‚Robinsón Crusoe') im Juan Fernández-Archipel im Pazifik überlebte, und der für Daniel Defoe das Urbild seines 'Robinson Crusoe' wurde.

Im Jahre 1982 konnte Margret Wittmer, die 'Robinson-Frau' aus Köln, auf Floreana ihr 50-jähriges Siedler-Jubiläum feiern.

Im gleichen Jahr war des 100. Todestages von Charles Darwin zu gedenken, für dessen Forschungen die Galápagos-Inseln, dieses einzigartige Laboratorium der Natur, von so großer Bedeutung waren.

Die vulkanische Inselwelt liegt etwa 1000 km vom südamerikanischen Festland entfernt im Stillen Ozean.

Es gibt 5 größere und etwa 50 mittlere und kleinere Inseln, die aus Lava-Basalt bestehen. Sie sind die Spitzen gigantischer Vulkane, die von 2 - 3000 m unter dem Meeresspiegel aufwachsen. Der Vulkan Wolf auf Isabela erreicht die Höhe von etwa 1700 m über dem Meer.

Auch heute noch sind die Vulkane auf Fernandina und Isabela in Bewegung und verändern ständig die Form und Ausdehnung der Inseln.
Süßwasser gibt es nur auf San Cristóbal und auf Floreana (Santa Maria). Die Quellen sind jedoch keine wirklichen Quellen, sondern werden aus Naturzisternen gespeist.
Auf Santa Cruz und auf Isabela versorgt sich die Bevölkerung mit Brackwasser und Regenwasser.

Die erste Schlafhütte, rechts die Piratenhöhle zum Wohnen 1932

Obwohl Galápagos unter dem Äquator liegt, hat es ein trockeneres Klima als die meisten anderen tropischen Gebiete. Die Ursache ist der Einfluss des Humboldt- oder Perustromes, der aus antarktischen Gewässern kommt und die Inseln gerade noch umspült, bevor er nach Westen in den Pazifik abbiegt.
Nur einige Monate im Jahr gewinnt der wärmere El Niño, das Kind, der von Panama kommt, mehr Einfluss an den Küsten der Inseln.
Er bringt feuchte, warme Luft - die Regenzeit.
Über die Entstehung der Galápagos-Inseln gibt es verschiedene Theorien. Heute betrachtet man es jedoch als sicher, dass der Archipel ozeanischen Ursprungs ist. Fauna und Flora weisen eindeutig auf eine eigenständige Entwicklung hin, die nur durch die völlige Isolierung vom Festland und durch die besonderen Klimaverhältnisse möglich war.
Hier wachsen die mächtigen Baumkakteen, die bis zu 9 m hoch werden, der Säulenkaktus, der 6 m erreicht, der niedrige Korallenstrauch und die grünen Mangrovenwälder, die sich an einigen Küsten hinziehen.

In den höheren Lagen hat sich eine tropische Pflanzenwelt entwickelt. In diesem Gebiet leben die Elefantenschildkröten, die Galápagos heißen und den Inseln den Namen gegeben haben. Sie werden mehr als 250 kg schwer und mehr als 200 Jahre alt.

Die Küstenstreifen sind meist felsig und trocken, und man sucht vergeblich nach dem Paradies aus üppigen Blumen und Früchten.

Auf einigen Inseln glaubt man sich der Hölle näher als dem Garten Eden. Hier finden sich die meisten Galápagos-Tiere. Seelöwen und Pelzrobben tummeln sich im blaugrünen Wasser oder bewachen ihre Jungen am felsigen Ufer, - Fregattvögel machen sich den Hof, und der aufgeblasene rote Ballon der männlichen Brust steht in fantastischem Kontrast zum blauschwarzen Gefieder. Sie nisten in dem niedrigen Gesträuch, von dem sie mit einer Flügelspannweite von 2 m leichter aufsteigen können. Spottdrosseln und Tropikvögel flattern um die Köpfe und verharren neugierig, und Landleguane, die aussehen wie gelbe Ungeheuer und doch so zutraulich sind, wandern ihren Weg oder schmatzen genießerisch an Kaktusfrüchten, die sie so lange rollen, bis die Stacheln abgefallen sind.

Man sieht kleine Pinguine, die nördlichsten der Welt, die an der See-Ecke ihre Mittagskonferenz halten, - die flugunfähigen Kormorane, deren Flügel verkümmert sind, weil sie sie nicht mehr zur Flucht brauchen, - den gleitenden Albatros, den seine fast 2,50 m breiten Schwingen durch das Leben tragen, - Lavafelsen, auf denen sich Hunderte von schwarzen Lavaechsen wärmen, - die grünen Wasserschildkröten, die ihre Köpfe mit dem langen Hals wie Periskope aus dem Wasser fahren. Und in kleinen Lagunen sind große Familien von Flamingos heimisch.

Die Galápagos-Tiere leben frei und furchtlos und haben keine natürlichen Feinde. Sie fürchten auch nicht den Menschen.

So sieht man in einem idyllischen Durcheinander Leguane, Pinguine, Finken, Kormorane, Fregattvögel, Tölpel, Seelöwen, Meerechsen und Möwen. Zwei Drittel der hier lebenden Vögel und alle Reptilien sind endemisch, d.h. es gibt sie nur hier auf der Welt. Manche sogar nur auf einer einzigen Insel.

1835 hielt sich Charles Darwin 5 Wochen lang auf den Galápagos-Inseln auf. "Wir scheinen hier jener großen Tatsache, jenem Geheimnis aller Geheimnisse, dem ersten Erscheinen neuer lebender Wesen auf der Erde, nähergebracht zu werden", schrieb er am 8. Oktober 1835 in sein Tagebuch.

Hier fand er durch die Entdeckung von 13 verschiedenen Finkenarten den Schlüssel zu seiner Evolutionslehre.

Die junge Wittmer-Familie auf den „Verwunschenen Inseln"
vorn Inge und Rolf, oben von links Harry, Heinz und Margret

1959, zum 100. Jahrestag der Veröffentlichung von Darwin, wurde auf Santa Cruz die Charles-Darwin-Research-Station unter dem Schutz und der Leitung der Unesco und der Internationalen Union für Naturschutz gegründet. Die ekuadorianische Regierung erklärte 90 % des Landgebietes zum Naturpark.

Seither kontrollieren Beamte die Inseln, um das Leben der einheimischen Tierwelt zu sichern und die natürliche Vegetation zu erhalten. Und sie versuchen, eingeführte Tiere zu beseitigen.

Auf der Darwin-Station werden Schildkröten der verschiedenen Inseln aufgezogen, bis sie drei Jahre alt und nicht mehr durch wildernde Hunde gefährdet sind, und dann auf ihre Heimatinsel in die Freiheit zurück gebracht.

1981 lebten etwa 6000 Menschen verschiedener Nationalität auf den Inseln, - die meisten auf Santa Cruz und auf San Cristóbal, der Gouverneursinsel. Neusiedler waren auf den Inseln nicht zugelassen. Damals.

11

Auf Floreana und Isabela sind nur kleinere Siedlungen. Die Bewohner leben von kleinen Farmen im feuchten, meist ungesunden Bergland, vom Fischfang und vom Tourismus, und vielleicht haben die Siedler begonnen zu begreifen, wie wichtig die Erhaltung der Ursprünglichkeit des Archipels auch für ihre persönliche Existenz ist.

Noch in den 80er Jahren war die Besucherzahl der Inseln von der ekuadorianischen Regierung begrenzt auf 10.000 bis 20.000 Touristen.

Zehn Jahre später waren es 50.000. Heute sind es 150.000 Besucher, und auch die Einwohnerzahl, Hotels und Kreuzfahrtschiffe haben sich bedeutend vermehrt.

Natürlich ist der Tourismus für Galápagos lebenswichtig, da er eine Devisenquelle für Ekuador ist, die die Kontrolle des Archipels ermöglicht. Aber der Erhaltung dieses Naturwunders wird sicherlich damit kein großer Dienst erwiesen, auch wenn man die Inseln nur mit einem Führer betreten, nichts mitnehmen und nichts zurücklassen darf und sich auf den vorgezeichneten Wegen halten muss.

Zumindest diese Einschränkungen sind notwendig, um den Bestand des Naturparks zu schützen.

Sicher mehr noch als für andere Besucher war der Aufenthalt auf den Galápagos-Inseln für mich ein wunderbares und unvergessliches Erlebnis, denn ich konnte mit Señora Margarita lange über ihre Erfahrungen als 'weiblicher Robinson' sprechen.

Das Buch POSTLAGERND FLOREANA ist kein wissenschaftliches Werk. Aber es ist mehr als eine private Lebenserinnerung. Es ist geschrieben von einer außergewöhnlichen Frau, die mit Herz und Verstand ihr schweres Leben auf der so weit entfernten und einsamen Insel meisterte, und die mit Anteilnahme und Aufgeschlossenheit die Welt und ihre Umgebung beobachtete.

Als erster Mensch hat die 'Lady von Floreana' in der Geschichte von Galápagos eine solch lange Zeit dort gelebt.

Abenteurer, Weltenbummler und Königliche Hoheiten gaben sich bei ihr ein Stelldichein.

Luise Maria Dreßler 2001/2015

Ich reise nach Galápagos

Ich melde mich an

20.3.1979

Liebe Frau Wittmer,

ich hoffe, Sie erinnern sich noch an mich.

Wir haben lange nichts von Ihnen gehört, und Sie wohl auch nicht von uns.

Im Januar brachte das Fernsehen eine Sendung über die Galápagos-Inseln, in der Floreana eine beachtliche Zeit eingeräumt war, und in der auch Sie zu sehen waren.

Das brachte Sie mir nun wieder lebhaft in Erinnerung. Zudem war ich in der letzten Woche bei meinen Verwandten bei Warburg, und da dachte ich wieder an unsere gemeinsame Reise zur Schwester Ihres Mannes.

Das alles ist nun schon so entsetzlich lange her, und hier hat sich auch so Vieles ereignet.

Mein Mann ist vor 4 Jahren gestorben, so dass ich nun mit Klaus, den Sie als ganz kleinen Jungen kannten, allein bin. Allerdings ist er inzwischen 28 Jahre alt und 1,90 m groß. Er ist Dipl-Kaufmann und auch in der Verlagsbranche. Wir halten fest zusammen.

Die meiste Zeit bin ich auf Reisen.

Nun hat mich die Sendung über die Galápagos-Inseln auf den Gedanken gebracht, auch einmal dorthin zu fahren, weil ich Sie dann vielleicht wieder einmal sehen könnte.

Es gibt hier verschiedene Reiseangebote, die wohl auch regelmäßig Ihre einsame Insel heimsuchen. Allerdings würde ich Sie dann sicher nur den einen Tag sehen können, wenn sie bei Ihnen anlegen.

Ich muss mich noch erkundigen, ob ich dann wirklich Zeit habe, mit Ihnen zusammen zu sein, sonst wäre ja der Zweck meiner Reise verfehlt.

Vielleicht lassen Sie mich mal wissen, wie Sie darüber denken.

In diesem Jahr wird das noch nichts.

Ich hoffe, Sie stehen dem Clan Wittmer noch gesund und frisch vor, und Ihren Kindern Rolf und Inge geht es gut.

Ein herzlicher Gruß   Luise Dreßler

1. - 10.5.1979 Isla Floreana

Meine liebe Frau Dreßler,
haben Sie vielen vielen Dank für Ihren lieben Brief und das nette Foto.
Ich weiß nicht, ob Sie verstehen können, w i e ich mich über Ihre Zeilen gefreut habe.
Wissen Sie, das blaue Kleid, welches Sie mir damals nähten, existiert noch immer, und der schöne Unterrock ist auch noch da. So werde ich, wenn ich diese Sachen gebrauche, immer gleich an Sie erinnert.
Klaus war 9 Jahre jung, als ich bei Ihnen war.
Mittlerweile hat sich die Welt ja etwas gedreht, und was unten war ist etwas Oben.
Unser Tourismus hier ist so viel, dass es einem auf den Deckel fällt, und mit 75 ist man ja auch kein Frühlingshuhn mehr.
Manchmal kommen die Schiffe auch zu uns. Ich gebe dann einen kleinen Empfang mit Wein, Kuchen und Keksen und, wenn extra vorher bestellt wurde, Langustensalat. Das aber nur, wenn der Tourenleiter es ausdrücklich wünscht.
….. Vielen herzlichen Dank, dass Sie sich gemeldet haben, und überdenken Sie mal, ob wir das Buch (Postlagernd Floreana) nicht nochmals in Deutsch herausgeben könnten. Die Nachfrage ist groß, und der Deutsche Tourismus noch größer.

Ihre Margret Wittmer

Damit intensivierte sich der bisher lockere Schriftwechsel mit Señora Margarita.
Meine Reise nach Galápagos konnte ich erst 1981 antreten.
Ich war mit einem Auftrag der Büchergilde Gutenberg gereist, die das Buch POSTLAGERND FLOREANA wieder in das Programm aufnehmen wollte.
Ich schlug Margret Wittmer vor eine Fortsetzung 1969 – 1982 zu schreiben, die aber zu spät kam, um sie dem ersten Buch beizufügen.
Diese Fortsetzung nahm ich zum Anlass, nach dem Tode von Margret Wittmer am 21. März 2000 – sie war 95 Jahre alt geworden – dieses kleine Buch zusammenzustellen, und nun, nachdem auch Rolf am 11.9. 2011 gestorben ist, es noch zu ergänzen.

Luise M. Dreßler 2015

14

La Bella y Gentil

Cerro de las Pajas
und
'Straße' zur Finca

12. Juli 1982.

Heute ist mein Geburtstag, und eigentlich hätte man das ein bisschen feiern sollen.

Fünfzig Jahre lebe ich nun schon auf Floreana. Aber heute war im Hause der Teufel los. Es kamen achtzehn angemeldete und neun unangemeldete Touristen zum Abendessen. Da hat man die Hände voll zu tun. Es muss gekocht, gebacken, serviert werden. Und das größte Problem: Noch immer ist kein Laden in der Nähe, wenn man von neunzig Meilen zur nächsten Insel absieht.

Aber nun ist alles vorüber. Es hat geklappt,- wie immer in den letzten fünfzehn Jahren, seit der Tourismus bei uns eingekehrt ist und ich die vorbeikommenden Jachten 'bekoche'.

Zweiundzwanzig Jahre sind vergangen, seit ich von meinem Deutschlandbesuch auf meine Insel Floreana zurückkehrte, die die Ekuadorianer 'La bella y gentil', schön und anmutig, nennen:

Meine kleine Insel, die nur einen Umfang von knapp 50 km hat, und deren höchste Erhebung, der weithin sichtbare 640 m hohe Strohberg, der "Cerro de las Pajas", mich schon von weitem grüßte. Und der 'Monte Wittmer', gleich neben unserer Farm, der nach uns benannt wurde.

1960

Als ich am 2.6.1960 aus Deutschland zurückkam, brachte ich meine Schwester Johanna aus England mit, die wir Aunty nannten. Da Aunty nicht fliegen wollte, fuhren wir mit der M/S Buntenstein der Hapag Lloyd von Bremen aus. Es war eine angenehme Seereise und ein sehr heißer Sommer. Als wir durch den Panama-Kanal fuhren, sah ich, was mich sicher auch auf Galápagos erwartete. Alles war vertrocknet, und die Palmenblätter hingen verdorrt an den Bäumen.

Heinz hatte mir geschrieben, dass es auch auf Galápagos nicht regnete. Das, was ich sah, war furchtbar. Sogar die sonst immer grünen Guayabasblätter waren verdorrt.

Wenn es in den heißesten sechs Monaten auf Galápagos nicht regnet, ist das eine Katastrophe. Aber die Sonne geht auf und unter und hat gar kein Verständnis für unsere Sorgen.

Heinz, Paquita, Margret Rose und alle Inselbewohner waren zu unserem Empfang erschienen. Inge-Floreanita, Paquita und Mario hatten das Haus geschmückt, und Heinz war glücklich, dass er mich nach elf Monaten wiedersah. Es ging ans Ausladen, Auspacken und Erzählen.

Rolf, der uns in Guayaquil abgeholt hatte, hatte die größten Einkäufe gemacht. Es war beschlossen worden, ein zweistöckiges Haus zu bauen. Das Erdgeschoss sollte Rolf und Paquita als Wohnung dienen. Die erste Etage sollte Gästezimmer für Touristen bekommen.

Inge und Mario erwarteten ihr erstes Baby im Juli 1960, und Rolf und Paquita ihr zweites im September. Da musste man ganz schön schnell ans Bauen denken.

Während wir unten an der Küste damit beschäftigt waren, bestellten Mario und Inge die Farm.

Die Garúazeit, welche meist vom Juli bis November anhält, hatte angefangen, und es regnete auf der Farm, so dass nun alles wieder anfing zu grünen. Es gab Orangen, Guayabas, Aguacatos, Nisperos und auch schon etwas Salat und Radieschen. Die bitteren mageren Monate schienen vorüber zu sein.

Ich hatte mir, als ich von Deutschland zurückkam, in Guayaquil von meinem Honorar einen Eisschrank gekauft. Da wir keinen Strom hatten, wurde er mit Petroleum gespeist, genau wie die Lampen, die abends unser Haus erhellten. Wie stolz und glücklich ich über diese Errungenschaft war, kann ich gar nicht beschreiben. Doch was war das für eine Arbeit, das Ding vom Schiff zu bekommen. Rolf musste zuerst ein Floß bauen. Wir nahmen vier leere Gasolintanks und befestigten darauf Bretter. Der Schiffskran setzte den Schrank darauf, und mit dem Motorboot wurde es an Land gezogen. Alle hilfreichen Hände mussten dann das große Ding, das in einer enormen Holzkiste verpackt war, den mindestens 300 m langen Weg von der Küste zum Haus tragen.

Gott, was für eine Anstrengung. Floreana wurde modern. Ein Eisschrank, ein Zementhaus, - was würde wohl noch alles kommen?

Am 15. Juli bekam Inge ihr Baby. Es war ein Mädchen, sehr groß und dünn. Mario und Inge nannten die Kleine Ingrid Maria Flory Garcia-Wittmer. Nun waren wir schon zweimal Großeltern, und im September sollte das dritte Enkelkind geboren werden.

Aber zuerst hatten wir unseren ersten Touristen. Es war ein Franzose, den ich in Guayaquil kennengelernt hatte. Er brachte ein großes Mikroskop mit und untersuchte das Wasser an der ganzen Küste.

Zusammen mit ihm brachte die 'Cristóbal Carrier' sechzehn Lehrer von der Universität Cuenca mit unserem Freund Dr. Jara.

Aber wo alle diese Leute unterbringen? Heinz wusste Rat: "Wir werden die Bodega ausräumen und uns einige Betten leihen."

So wurden wir fast ein Hotel. Es war eine Heidenarbeit, alle zu verkösti-gen. Jeden Tag füllten wir mindestens sechzig Flaschen mit Saft von Nispero-Früchten. Als Anfang August das Schiff kam und unsere ersten Touristen wieder mitnahm, waren wir trotz der guten Einnahmen froh, dass wir wieder allein waren.

Es war auch höchste Zeit, denn Paquita bekam am 8. September endlich den ersehnten Jungen. Ein dicker, pausbackiger Geselle.

Der Familienrat beschloss, ihn Heinrich Albert Wittmer-Garcia zu nen-nen.

Heinz meinte am Abend zu mir: "Ob sie wohl das Dutzend voll be-kommen?"

Der Hausbau ging so lange gut voran, wie genügend Material vorhan-den war. Dank der Initiative von Dr. Anderson, dem Eigentümer der 'Cristóbal Carrier', wurde das Wort 'Mañana' aus dem Wörterbuch ge-strichen, und das Schiff fuhr pünktlich alle sechs Wochen von Guaya-quil ab und brachte Lebensmittel und Baumaterial zu den Inseln.

Und durch dieses Schiff entwickelten sich die Galápagos-Inseln in ei-nem außerordentlichen Tempo. Auf allen Inseln bekamen sie die Bau-wut. Alles, was man bestellte, kam heil und unvermindert an. Es war wie ein Wunder, und in kurzer Zeit musste die 'Carrier' alle drei Wo-chen zu den Inseln kommen.

Fischfang und Landwirtschaft

1962

Nun war schon wieder der 2. Januar 1962. Rolf wurde neunundzwanzig Jahre alt, und wir feierten abends in der Schule mit allen Inselbewohnern. Im Januar ging er mit zwei Gehilfen zum Fischfang, und wie es schien, sollte es ein gutes Jahr werden.

Das Boot fuhr so gegen vier bis fünf Uhr nachmittags aus und kam erst im Morgengrauen zurück. Es brachte durchschnittlich tausend bis eintausendfünfhundert Fische zurück.

Damit man eine Vorstellung von dieser Fischerei bekommt, muss ich erklären, wie das funktioniert.

Nach dem Morgenkaffee wurden die Fische aus dem Boot an Land gebracht, und dann fing die Arbeit an. Rolf und Eugenio, der andere Fischer, schlugen die Fische auf, nahmen die Gedärme heraus und ritzten sie ein. Dann wurden sie von dem dritten Mann gewaschen. Paquita und ich salzten sie ein und schichteten sie in Tanks. Bis wir mit dieser Arbeit fertig waren, wurde es meistens zwölf Uhr nachts. Die Aunty übernahm in diesen Tagen die Küche und sorgte für den nimmer endenden Kaffee. Der Opa wurde als Babysitter gebraucht.

An anderen Tagen waren die Leute damit beschäftigt, das Netz zu flicken, das dauernd von den großen grünen Seeschildkröten, die sich darin fingen, zerrissen wurde.

Nach zwei Tagen wurden die Fische aus der Salzlake herausgenommen, gewaschen und auf Gestelle zum Trocknen gelegt.

Nun musste man höllisch aufpassen, dass kein Regen darauf prasselte. Schien die Sonne, wurden sie um zwölf Uhr umgedreht und mit der Haut nach oben gelegt.

Abends um sieben wurde alles zusammengerafft und gegen Regen für die Nacht geschützt.

Am anderen Tag fing derselbe Zirkus von vorne an, und abends wurden sie dann in der Bodega gestapelt, fertig zum Verkauf an die 'Cristóbal Carrier'. So ein Fang ergab dann etwa zwanzig Zentner Trockenfisch.

Die Aunty erhielt ein Kabel von ihrer früheren Lady, sie solle bitte nach London kommen, um ihr beim Umzug zu helfen. Treu und ergeben schiffte sich die Aunty nach London ein. Es war ein recht trauriger Abschied.

Margret Rose verlor ihre beste Freundin und Lehrerin.

Aber das Leben ging weiter.

Die Wissenschaft machte sich bemerkbar, und in Santa Cruz wurde mit dem Bau der Charles-Darwin-Research-Station begonnen.

Auf der Insel Santiago begann die Ausbeutung des Salzsees, und das Schiff schleppte Tonnen von Zement zu den Inseln.

Ende 1962 war auch das obere Stockwerk von Rolfs Haus fertig, und es dauerte keine zwei Wochen, bis die ersten Wissenschaftler kamen. Es waren Botaniker aus Schweden.

Mario und Inge hatten mit der Farm viel Glück gehabt. Sie hatten wieder mehr junge Rinder, und die Hühnerfarm wurde immer größer. Die Ernte von Kartoffeln und Gemüse war beachtlich. Es gab genügend Abnehmer für diese Produkte, und es entwickelte sich langsam ein Inselverkehr mit kleinen zehn bis zwölf Meter langen Booten. Auch kamen immer mehr Leute nach San Cristóbal und Santa Cruz, und bei einer Zählung hatten die Inseln schon über dreitausend Einwohner. (Jetzt, 2015, sind es 25.000 Einwohner).

Inge und Mario sahen auch ihrem zweiten Kind entgegen, und es wurde beschlossen, dass Inge zur Entbindung nach Quito zu Marios Familie fahren sollte. Ende Januar fuhr sie mit Ingrid und dem großen Holsteinbullen nach Quito. Der Bulle konnte in Guayaquil zu einem viel besseren Preis verkauft werden als auf Floreana. Von dem Erlös sollte dann die Klinik bezahlt werden. Am 24.2.1963 wurde unser viertes Enkelkind geboren. Es war wieder ein Mädchen und wurde Trudi Beatrix Maria Garcia-Wittmer genannt.

Zu Ostern kam Inge mit den Kindern wieder nach Floreana.

Als ich am Ostermorgen dem Osterhasen bei seiner Arbeit helfen wollte, bekam ich einen solchen Schrecken, dass ich Inge und Mario weckte. Der Himmel am Horizont war eine Rauchwolke, und über dem 'Cerro Azul' auf Isabela wurde das Feuer immer größer und größer.

Unsere Osterstimmung war recht angeschlagen. Doch nach einigen Tagen hatten Margret-Rose und Inge Geburtstag. Die eine wurde fünf und die andere sechsundzwanzig Jahre jung. Das sind dann immer Doppelfeste.

Nun war unsere Familie schon auf zehn Personen angewachsen, und wer wusste, wie viele es noch werden würden.

Im Mai fuhr ich mit der 'Cristóbal Carrier' nach Guayaquil, um alles das zu kaufen, was noch fehlte. Und was fehlte nicht noch alles. - Zuerst verliebte ich mich in einen Propangasherd mit großem Backofen und vier Flammen. Ich sah mich schon ohne Rauch kochen.

Die Gasflaschen waren sehr teuer, und mehr als drei konnte ich nicht kaufen. Doch den Herd und je einen kleinen für Paquita und Inge kaufte ich doch.

Meine nächste Liebe war eine Gefriertruhe. Man konnte darin mindestens zweihundert Pfund Fleisch einfrieren, und das Bekochen der Touristen wäre einfacher. Also kaufte ich auch so ein Ding, denn man kann auf Floreana nicht jeden Tag schlachten für ein paar Pfund Fleisch.

Aber das Geld schmolz dahin wie Butter in der Sonne, und es blieb nicht allzu viel für die große Liste, die ich mitgebracht hatte.

Ein Gratisflug
1963

An einem der letzten Abende in Guayaquil klingelte bei meiner Freundin Carlotte das Telefon.

Man verlangte mich, und ein Colonel von der Luftwaffe wollte mich in Sachen Galápagos sprechen. Ich versprach, ihn am nächsten Tag aufzusuchen. Am Mittag konnte ich Carlotte berichten: "Man will eine Flugverbindung zu den Inseln einrichten, und ich als eine der ältesten Bewohner sollte mal sagen, was ich darüber dachte."

Nun, ich dachte eine Menge und sagte es auch: Die Verbindung, so meinte ich, wäre first class. Man brauchte nicht mehr die lange Seereise von fünf bis sechs Tagen zu machen.

Aber - mit einem Flugzeug ist man in wenigen Stunden in Baltra. Und dann? Auf Baltra gibt es nichts außer Steinen und viel, viel Sonne. Wie soll man dann weiterkommen?

Die Lancha der Marine? Gut, die bringt die Leute nach San Cristóbal, und sie ist auch nicht immer in Ordnung. Was dann? Von Baltra nach Floreana sind es immerhin neunzig Seemeilen oder neun bis zehn Stunden Seefahrt. Nach Santa Cruz geht es schneller. Isabela ist ebenso weit entfernt wie Floreana.

Das Hinfliegen ist das geringste Problem, aber das Weiterkommen!

Auf jeden Fall beschloss man, einen Probeflug zu machen. Die Lancha des Inselkommandanten der Marine würde in Baltra sein und die Kolonisten dahin befördern, wo sie hingehörten.

"Well, well", sagte ich, "ich werde es versuchen und dann einen Bericht schicken, wie es gewesen ist".

Meine gekauften Sachen wurden auf die 'Carrier' verladen, und ich sollte also GRATIS an dem ersten Flug teilnehmen.

Meine Freundin Carlotte brachte mich zum Flughafen, und der Abschied fiel mir sehr schwer. Man weiß ja nie, wie so ein Abenteuer ausgeht. Ich sah einen Bekannten von Santa Cruz und fragte ihn, ob er an das Märchen glaube, dass die Lancha mich nach Floreana bringen werde. "Nunca", niemals, meinte Don Jimmy.

Die Maschine war eine alte Militär-Transportkiste mit vielen Luftlöchern, die furchtbar klapperte. Der eisige Wind machte uns allen stundenlang zu schaffen. Und unten das viele Wasser. Es war recht ungemütlich. Wir waren alle froh, als wir nach viereinhalb Stunden auf Baltra landeten.

Ein Jeep brachte uns zuerst zum Essen in das ehemalige US-Kasino und dann an den Hafen, wo die Lancha lag, um uns weiterzubefördern. Es ging nach Santa Cruz, und dort gab sie, wie ich befürchtet hatte, ihren Geist auf, und wir mussten selbst sehen, wie wir weiterkamen.

Unser Freund Miguel Castro, der auf Santa Cruz wohnte, holte mich ab, und ich verbrachte die Nacht bei ihm und seiner Frau Suzu.

Glück hatte ich aber doch noch, denn Miguel fuhr am nächsten Tag mit einem Wissenschaftler der Darwin-Station nach Floreana und Isabela.

Die Reise war beendet, und ich hatte von Guayaquil bis Floreana achtunddreißig Stunden gebraucht.

Gesprächsthema Nr. 1 war nun 'Flugverkehr nach Galápagos'. Aber wir Insulaner machten uns nicht allzu große Hoffnungen.

Es musste erst einmal alles gründlich organisiert werden, besonders was die Verkehrsmöglichkeiten zwischen den Inseln betraf.

"Paciencia" - mal sehen.

Nach vier Tagen kam die 'Carrier' auch mit der Fracht an. Mein Stolz, der Gasherd, wurde von allen bewundert. Paquita und Inge freuten sich über die kleine Gasküche. Auch die Kühltruhe fand Beifall. Sie würde uns künftig das Leben erleichtern.

Die Aunty hatte auch geschrieben. Sie sehnte sich nach der Weite des Meeres, nach dem Gesang der Vögel, dem Duft der Pflanzen und nach der herrlichen weiten Küste mit dem wunderbaren Strand, nach Flamingos und - was ich nie gedacht hätte - sogar nach den Kindern. Nun wollte sie Ende September mit der 'Reina del Mar' wieder zu uns kommen, und dieses Mal für immer.

So beschlossen wir, der Aunty das Nest recht behaglich zu machen und ihr oben im Gästehaus zwei Zimmer einzurichten. Von dort aus hatte sie eine wunderbare Aussicht, und bei gutem Wetter kann man sogar Santa Cruz und die Berge von Isabela sehen.

Ein liebevolles Herz hört auf zu schlagen
1963

In dieser Zeit machte uns Heinz großen Kummer. Er fühlte sich nicht wohl und klagte über Kopfschmerzen und Schwindelanfälle. Oft musste er sich hinlegen - und Aspirin, Saridon, und wie das Zeug alles heißt, halfen nichts. Ich war froh, als eine amerikanische Jacht mit einem Arzt an Bord vorbei kam. Der Arzt meinte, man solle ihn nicht mehr allein lassen. Mit dem Gehen war es auch nichts mehr. Die Kriegswunden an Armen und Beinen machten sich bemerkbar.

Am Strand hatten wir ein kleines Sonnendach für Rolfs Boote. Dort saß er nun meistens mit den Kindern und erzählte ihnen Märchen oder malte Buchstaben in den Sand. Sie mussten ihm erzählen, und Margaret Rose musste kleine Gedichte auswendig lernen.

Es war Sonntag, der 3. Oktober 1963. Heute sollte die Aunty in Guayaquil ankommen. Paquita hatte Geburtstag.

Ich holte den Opi, der wieder furchtbare Kopfschmerzen hatte. "Vielleicht hilft Dir ein guter starker Kaffee", meinte ich und nahm ihn mit zu den anderen.

Opi trank gierig den heißen Kaffee und wollte sich noch selbst eine Tasse einschenken als ich bemerkte, dass er die Kanne nicht halten konnte. Er fiel auf die Erde, und Rolf und Paquita sprangen hinzu. Wir bemühten uns, den 180 Pfund schweren großen Mann hochzuheben. Dabei fiel er weiter in sich zusammen. Er konnte nicht mehr sprechen, und es war so traurig anzusehen.

Muss ich beschreiben, wie uns zu Mute war? Vor Schreck verlor ich mein Gehör auf dem rechten Ohr und konnte überhaupt nichts mehr verstehen.

Es war zum Verrücktwerden.

Dr. Dreßler von der Büchergilde Gutenberg hatte mir ein medizinisches Lexikon mit auf den Weg gegeben mit den Worten: "Sie werden es auf Galápagos gut gebrauchen können".

Und was für ein Segen war uns dieses Buch in all den Jahren.

So konnten wir auch jetzt feststellen, dass es sich um einen Gehirnschlag handelte. Natürlich war hier nichts dagegen zu tun.

Rolf versuchte, eine Funkverbindung mit unserer Marine-Station zu bekommen. Aber es war Sonntag, und da funktioniert das bei uns nicht.

Nach zwei Tagen kam eine US-Jacht. Auch der Arzt stellte einen Gehirnschlag fest und gab mir einige Medikamente und gute Ratschläge.

Am 7. November war Heinz morgens ganz ruhig. Ich bemerkte nur seine eiskalten Füße, und auch die Wärmflaschen nützten nichts.

Gegen fünf Uhr nachmittags war ich mit ihm allein. Plötzlich ergriff er meine Hand und drückte sie an die Lippen, die auf einmal ganz blau waren. Ich sah, dass es zu Ende ging und rief Rolf und Inge.

Es war genau sechs Uhr abends, als die Sonne ins Meer sank - und ein treues, liebevolles Herz hatte aufgehört zu schlagen.

Heinz Wittmer

Wie mir zumute war? Wie wohl allen Menschen, die das Beste und Teuerste verloren haben.

Einunddreißig Jahre Inselleben hatten aus uns EINS gemacht.

1964

Mitte Januar erhielt ich die Nachricht, dass die Charles-Darwin-Gesellschaft auf Santa Cruz von Januar bis März einen wissenschaftlichen Kongress abhalten würde, und dass ich alle verfügbaren Räume für diese Leute reservieren sollte.

Die USA stellten ein großes Schiff, die 'Golden Bear', nebst Helikopter zur Verfügung. Es brachte die Wissenschaftler nach Santa Cruz mit Tischen, Bänken, Stühlen, Betten und Verpflegung für drei Monate. Denn für eine solch große Invasion war keine der Galápagos-Inseln vorbereitet. Die Pension Wittmer war in dieser Zeit die einzige Unterkunftsmöglichkeit neben dem gerade fertiggestellten Hotel 'Galápagos' von Forrest Nelson auf Santa Cruz.

Arbeit ist immer das beste Abwehrmittel gegen Depressionen, und Arbeit hatten wir nun in Hülle und Fülle.

Wir - das waren an der Küste Paquita, die Aunty und ich, und Rolf, der noch immer fischte. Wir sorgten hier unten für das leibliche Wohl der Gäste. Inge und Mario versorgten uns alle zwei Tage mit frischem Gemüse, Obst und Fleisch.

Ein neues Drama auf Floreana

1964

Am 8. April kam die Jacht 'Yankee' von unserem langjährigen Freund Comodoro Irving Johnson. Die 'Yankee' war verkauft worden.

23

Nun wollten die neuen Eigentümer die Weltreise machen, die früher alle drei Jahre Comodoro Johnson unternommen hatte.

Aber wie sah das Schiff aus. Es war nicht mehr die frühere blitzsaubere Jacht. Jetzt war sie verschmutzt, nicht gestrichen, und auch die Mitreisenden waren eine ziemlich gewürfelte Gesellschaft.

Nachmittags kam die ganze Gruppe an Land.

Einige wollten am nächsten Tag zur Farm gehen, und ich empfahl ihnen, möglichst früh aufzubrechen. Wir hatten in dieser Zeit dreißig bis dreiunddreißig Grad im Schatten, und es regnete viel.

Eine Dame, Mrs. Saydee Reiser aus USA, war zwischen siebzig und fünfundsiebzig Jahre alt. Ich fragte, ob sie denn den zwei Stunden langen Weg machen könne. Aber man sagte mir, sie sei Mitglied des Sierra-Clubs in USA und gewohnt, Berge zu ersteigen.

Nachmittags kam der Kapitän und fragte nach Mrs. Reiser. Wir hatten sie aber nicht mehr gesehen, und bei Inge auf der Farm war sie nicht angekommen. Eine Dame erzählte, Mrs. Reiser habe sich kurz vor der Farm auf einen Stein gesetzt und die Schuhe ausgezogen; sie, Mrs. Hunt, sei aber weitergegangen in der Annahme, Mrs. Reiser würde nachkommen. Die Jacht schoss Raketen ab, um zu zeigen wo sie war. Eine Gruppe ging durch die Insel, rufend und ein Horn blasend, eine andere fuhr an der Küste entlang im Motorboot. Nichts, man fand nichts, keine Spur.

Am Abend kam der Kapitän und sagte: "Morgen reise ich ab, mit oder ohne Mrs. Reiser". Rolf sagte: "Das werden Sie nicht tun". Er verständigte den Hafenkapitän, und gemeinsam fuhren sie zu der Jacht und beschlagnahmten die Papiere. San Cristóbal wurde verständigt, und es kam die Order, dass die Jacht nach San Cristóbal zu bringen sei, wenn die Dame in drei Tagen nicht gefunden wäre.

Nach drei Tagen war Mrs. Reiser noch nicht gefunden.

Die 'Yankee' wurde wochenlang in San Cristóbal festgehalten; dann konnte sie nach Papeete weitersegeln.

Später hörten wir, dass sie weiter südlich auf ein Riff aufgelaufen sei und der Kapitän sich erschossen habe.

Das war das Ende, und wir hörten nie wieder etwas über den Fall Reiser - bis Ende 1980. Einige Siedler gingen auf die Jagd nach Ziegen, und da fanden sie, gar nicht weit vom Weg in der Nähe von 'Frido', die Überreste von Mrs. Reiser. Sogar ihr Hut war noch da, der Fotoapparat und ein Ring. Die amerikanische Gesandtschaft kümmerte sich um die Beisetzung auf unserem Friedhof.

Mrs. Reiser ist vielleicht einem Herzschlag erlegen und konnte in der undurchdringlichen Wildnis nicht gefunden werden.

Die Familie wächst

1964

Am 12. Februar wurde die Darwin-Station auf Santa Cruz eingeweiht, und es kamen sechzig Wissenschaftler aus vielen Ländern mit ihren Botschaftern. Das war ein großes Ereignis für Galápagos.

Am 16. Mai hatten auch wir unseren besonderen Freudentag. Paquita brachte ihr drittes Kind zur Welt. Wir nannten das kleine Mädchen Elisabeth Carlotte, nach unserer langjährigen treuen Freundin in Guayaquil. Lieselotte war ein reizendes Kind - ganz hellblonde Härchen und mein erstes Enkelkind mit hellblauen Augen. Vom ersten Tage an schaute sie vergnügt in die Welt.

Inge und Mario dachten, dass ich ruhig noch ein paar Mal Omi werden könnte, und als am 13.11.1964 ihre dritte Tochter geboren wurde, nannten wir die Kleine Erika.

Im November besuchte auch Prinz Philip von England die Galápagos-Inseln. Aber er ging nur auf die unbewohnten Inseln. Sein Besuch sollte ganz privat sein. Jedoch hatte er nicht mit den Offiziellen gerechnet.

So kamen der englische Gesandte von Quito und der Konsul von Guayaquil nach Baltra, und Prinz Philip musste seine 'Britannia' dorthin fahren lassen.

Dann fuhr er nach Fernandina, und in der Bucht lag ein Langustenfischerboot. Prinz Philip kam in einem Schlauchboot und rief "Jungs, ich komme rauf." So ein Schiff ist schön schmutzig, denn es ist 2 - 3 Monate unterwegs.

Rolf ist für 4 Wochen nach Santa Cruz gefahren. Er hat ein altes Boot gekauft und dort zurecht gemacht. Wir hörten, dass er abgefahren sei, aber dann nichts mehr. Als der Junge nicht kam, war uns gar nicht wohl zumute. Am Morgen lief die Aunty etwas den Berg hinauf, von wo man ein weites Stück übers Meer sehen kann, - aber nichts.

Doch dann sah sie plötzlich am Horizont ein kleines Stückchen Mast. Nach zwei Stunden war er da. Er war in der Nacht abgetrieben worden, der Motor hatte versagt, und der Gehilfe war so seekrank, dass er nicht einmal das Steuer halten konnte.

Nach 27 Stunden Fahrt war Rolf mehr tot als lebendig.

1965

Am 12. September bekamen Rolf und Paquita ihr viertes Kind, und das kleine Mädchen wurde Ingeborg-Hildegard genannt.

Unter sieben Enkeln habe ich nur einen Jungen.

Auf Baltra wurde nun endlich der Flughafen fertig. Am 19. September wurde er eingeweiht, und nun sollen die Passagiere aus aller Welt schnell nach Galápagos befördert werden. Aber wie es dann weitergeht, weiß man noch immer nicht.

Kurz vor Weihnachten wurde das Haus, das sich die Aunty gewünscht hatte, fertig. Nun kann sie sich endlich richtig zu Hause fühlen. Es ist ganz weiß gestrichen, und Fenster und Türen sind grün. Rundherum hat sie eine Unmenge Geranien gepflanzt.

1966

Am 21. September wurde endlich mein achtes Enkelkind geboren, und dieses Mal war es ein Junge. Charles Rolf. Er wurde unser Nesthäkchen und blieb es auch.

Jetzt waren wir mit der Aunty vierzehn Personen.

Die Arbeit wurde damit auch nicht weniger. Soviel konnten die großen Kleinen noch nicht helfen, aber essen wollten sie alle, und unsere vielen Gäste auch.

Zu unseren Hausgästen kamen noch die Jachten und Kreuzfahrtschiffe. Einmal kamen fünf Kriegsschiffe mit fünfhundert Kadetten, ohne Voranmeldung. Aber sie alle wollten 'Cevice' essen. Das ist roher Fisch mit Zitrone als Salat.

Fünfzig Pfund Fisch und Langusten mussten geschnitten werden. Und hundert Flaschen Orangenwein wurden verkauft.

Nun, einsam sind wir hier nicht mehr, und ich frage mich oft, was mir besser gefällt, unsere Abgeschiedenheit und unser friedliches Zusammenleben am Anfang - oder der Trubel, den wir heute haben.

Im Juli 1967 verlor Rolf sein Boot 'Köln II' an der Teufelskrone. Das ist ein kleiner Vulkan an der Nord-Ost-Spitze von Floreana, der sich auch heute noch manchmal rührt, und in dem Touristen mit den Seelöwen um die Wette schwimmen und tauchen. Retten konnten wir nur den Motor und die gerade neu gesetzten Segel.

So begann Rolf im Februar 1968 ein neues Boot zu bauen: Unsere Jacht 'TIP TOP' für sechs Passagiere.

Auf Santa Cruz haben wir jetzt ein richtiges Hospital bekommen, mit drei Ärzten, einer Röntgenschwester und einem Zahnarzt.

Das ist ein Segen. Jetzt soll noch eine Lancha kommen, damit die Kranken auch von den anderen Inseln geholt werden können.
Hoffentlich ist das nicht nur eine fromme Legende.

Wir feiern Weihnachten 1968

Seit zehn Monaten ist keine Post mehr gekommen. Der Weihnachtsmann hatte sicher an anderes zu denken. Dafür bescherte er uns zur Weihnachtsfeier achtundzwanzig Personen mit der 'Explorer'.
Dazu hatten wir eine Feier in der Schule. Jedes Kind musste etwas aufsagen oder singen, dann wurde getanzt.

Weihnachten 1968 bei Wittmers

Das Fest wird hier nicht so gefeiert wie in Europa.
In den Schulen werden Vorträge gehalten und Theater gespielt. Man muss sich wundern, welch schauspielerisches Talent diese Kinder schon mit sechs und sieben Jahren haben. Dann bekommt jedes Kind ein Geschenk und Süßigkeiten, und alle feiern bis morgens gegen fünf Uhr, wenn es schon bald hell wird.
Wir gehen immer früher nach Hause. Unsere Kinder werden morgens gegen halb sechs beschenkt. Dann werden die Kerzen angezündet, und wir singen Weihnachtslieder.

Ein Unglück trifft die Familie

1969
Der 'El Niño' hatte sich in diesem Jahr mal wieder von seiner besten Seite gezeigt. Seit Wochen regnete es in Strömen, die Wege waren kaum begehbar, und die Rinnsale hatten sich in reißende Ströme verwandelt.

Am 16. März beschloss Mario, auf die Jagd zu gehen. Wir alle wollten, dass er an der Küste bliebe. Er meinte jedoch, die Tiere seien ohne Nahrung und ebenso die Menschen.

Morgens gegen sechs Uhr verließ er das Haus, nahm den Esel und auch einen kleinen Proviant mit. Als Mario am Nachmittag noch nicht zurück war, machte sich Inge Sorgen, denn es regnete und regnete.

Auch am nächsten Tag kam Mario nicht zurück. Rolf und der Krankenpfleger gingen, um ihn zu suchen. Sie fanden den angebundenen Esel, und einige hundert Meter weiter die Mütze. Alle von der Insel haben dann mitgesucht, und als eine Jacht kam, Nachricht nach San Cristóbal zur Kommandantur gegeben.

Es kamen fünf Polizisten, die für zehn Tage hier waren und mitsuchten. Aber da der Regen nicht nachließ, mussten wir aufgeben.

Man nahm an, dass Mario einen Stier erlegen wollte und nicht richtig getroffen hat, dass der Stier ihn angriff und schwer verletzte. In dieser Gegend fließen alle Wasserläufe direkt ins Meer, und so ist er vielleicht in der Nacht ins Meer geschwemmt worden oder in eine der tiefen Lavaspalten gefallen.

Und wieder spukten im Hinblick auf den ungelösten Fall der Baronin vor 30 Jahren unangenehme Gerüchte herum.

Wir alle verloren ein wenig die Nerven, und was uns aufrecht erhielt, war die Touristenarbeit, die einfach immer weiter lief.

Wir bauten zwei weitere Bungalows mit je zwei Betten und Bad, da wir mit den ersten acht Betten in Rolfs Haus nicht mehr auskamen. Und die Aunty konnte ja auch nicht immer aus ihrem Haus vertrieben werden. Es wurde für hiesige Verhältnisse sehr elegant.

Die Aunty war voll beschäftigt mit Nähen, damit auch alles tip-top würde, und Paquita fing an, weil kein Geld im Hause war, aus Orangen Wein zu machen. Das Rezept dazu hatte sie von einem Pater bekommen. Zuerst versuchten wir es mit einer Gallone, und als es gut war, mit fünf Gallonen. Heute ist die Produktion fünfhundert bis sechshundert Gallonen, und der Absatz wächst.

Mit dem Gewinn von Paquitas Weinproduktion wurden später alle Kinder auf gute Privatschulen geschickt.

Langsam ging auch die Arbeit an der 'TIP-TOP' zu Ende und Rolf konnte daran denken, sie ins Wasser zu lassen.

Am 2.8.1969 kam das Langustenschiff 'Carola' mit Rolfs Freund Pedro Caidedo, und mit der gesamten Besatzung von fünfunddreißig Mann und der Inselbevölkerung ließen wir die 'TIP-TOP' ins Wasser.

Oh, mein Gott, was für eine Arbeit das war.

Henry Albert hielt eine kleine Rede, wünschte dem Papa und der 'TIP-TOP' alles Gute, bedankte sich für die Hilfe, die uns von allen Seiten zuteil wurde. Dann ging die Arbeit los.

Es dauerte von drei bis um sechs Uhr nachmittags. Rolf bekam gleich einen Auftrag für Santa Cruz und Plaza, und als er zurück kam, kam auch Monsignor Hugolino von der Franziskaner-Mission und segnete das Schiff. Die mitgekommenen Madres sangen einen Choral. Es war sehr eindrucksvoll.

Die nächsten Touristen kamen aus Kolumbien, und bis heute ist unsere Jacht eine der besten kleineren Jachten die es hier gibt.

Der dreisprachige Kapitän Rolf kennt als Inselkind alle die Plätze, wo die großen Schiffe einfach nicht hinkönnen, und für die gute europäische Küche hat die TIP-TOP die besten Empfehlungen.

Der Tourismus wurde von Jahr zu Jahr größer, und wir kamen aus der Arbeit gar nicht mehr heraus. Rolf war dauernd mit der Jacht unterwegs, und so waren wir Frauen meistens auf uns selbst gestellt.

Wir machten einen kleinen Folklore-Laden auf, ich ließ Blusen und Hemden mit den Tieren von Galápagos besticken, und es wurde ein großer Erfolg.

Mein Buch 'POSTLAGERND FLOREANA', in fünfzehn Sprachen übersetzt, war gefragt, und die Juventud Editorial aus Madrid kam extra nach Floreana. Wir machten eine neue Auflage, die ich hier in Spanisch anbieten konnte.

Im März 1970 fand Inge eine indianische Familie als Hilfe für die Farm. Es waren vier Erwachsene und acht Kinder.

Inge konnte die Arbeit unmöglich allein schaffen, und es wäre eine Schande, wenn die ganze Kultivation zum Teufel ginge. Es war eine zu schwere Arbeit, alles zu roden und zu pflanzen.

Sie lebt mit ihren Kindern jetzt fast ganz an der Küste. Jeden Morgen reitet sie um sechs Uhr mit den Eseln zur Farm und kommt abends zurück. Sie muss nun allein für die Kinder sorgen, und sie tut es sehr tapfer.

1970

Rolf und Inge erhielten das Besitzrecht für die Farmen 'Asilo de la Paz' und 'Esperanza'. Insgesamt sind es sechzig Hektar. Und nun sollte auch eine Wasserleitung von der Farm zur Black Beach gelegt werden.

Die Regierung wollte 50.000 Sucres zur Verfügung stellen. Bisher waren wir auf den Regen angewiesen, der unsere Tanks füllte - wenn er fiel. Und sonst musste Inge das Wasser mit Eseln von der Farm transportieren und Paquita die Wäsche zum Waschen zur Farm.

Inge kommt von der Finca

Die Esel sind überhaupt unser einziges Transportmittel. Es gibt noch immer keine Autos, weil es ja auch keine Straßen gibt.
Die Esel sind nicht mehr so scheu wie ich es am ersten Tag auf Floreana erlebte. Sie haben sich an die Menschen gewöhnt. Noch immer leben sie frei und ernähren sich selbst. Aber abends kommen sie an die Wasserstelle auf unserem Grundstück an der Black Beach um zu trinken.
Da müssen sie ganz gesittet das Gartentor durchschreiten. Inge sagt ihren Helfern, wie viele sie am nächsten Tag für die Farm braucht, und sie werden dann angebunden. Das lassen sie sich auch ganz friedlich gefallen, und sie lassen sich auch reiten; sie wissen, am Abend haben sie ihre Freiheit wieder.

1971

Im Oktober kam das Staatsschiff und brachte fünfzig Sack Zement für die Rillen, in denen die Rohre für die Wasserleitung liegen sollten.
Rolf fing mit den anderen Siedlern sofort an zu bauen. Im Dezember waren die Rohre geliefert und von der Farm-Quelle teilweise schon gelegt. Aber nun fehlten die Verbindungsstücke. Es waren falsche geliefert worden. Wir mussten warten, bis die neuen Stücke kamen, und vor allem, bis Rolf Zeit hatte, denn ohne ihn ging nichts.
Rolf musste ja auch seine Touristen zu den Inseln fahren.

Zwischen den einzelnen Inseln braucht man sechs bis acht Stunden. Niemand denkt, dass sie so weit auseinander liegen, denn sie sind ja nur ein Pünktchen auf dem Globus.

Mitte 1972 war es endlich so weit, dass die Quelle unsere Tanks füllen konnte. Ich denke, das war ein besonderes Geschenk für mich.

Gerade zu meinem vierzigjährigen Floreana-Jubiläum 1972 konnte die Leitung in Betrieb genommen werden.

1973

Wir haben die beiden Ältesten nach Quito in die Schule geschickt. Sie wohnen bei Paquitas Schwester, die selbst fünf Kinder hat. Da sind sie gut versorgt.

Dann fuhr Inge mit Ingrid zum Kontinent, und die ganze Arbeit blieb bei Aunty und mir hängen. In zwei Jahren kommen die nächsten zwei nach Quito, und so geht das lustig weiter.

Mich aber mutet manchmal alles an wie früher.

Das Versorgungsschiff bleibt monatelang aus, das Postboot kommt drei Monate nicht. Und dann kommen alle Briefe auf einmal, und man weiß nicht, wann man das alles lesen soll.

1977

Es gibt zwei neue große Touristenschiffe für Galápagos, die 'Bucanero' und die 'Neptuno' für neunzig und hundert Passagiere. Und ein drittes, die 'Santa Cruz', soll im nächsten Jahr dazu kommen. Da wird es auf unseren Inseln am Ende der Welt noch betriebsamer werden.

Fürstlicher Besuch

1977

Es war der 22. Juli, und ein großes Ereignis stand uns ins Haus. Die Metropolitan Touring Company bestellte bei uns ein inoffizielles Verlobungsessen für Prinzessin Caroline von Monaco, Fürst Rainier, Prinz Albert und für den Bräutigam Felipe Junot und ihre Begleitung.

Es waren insgesamt 11 Personen.

Fürst Rainier wollte ein Schiff für sich und seine Familie allein, und so gab ihm die Metropolitan die Segeljacht 'Encantado', und Rolf Wittmer war der Kapitän. Das war für uns eine große Anerkennung.

Rolf fuhr die ganze Gesellschaft acht Tage lang durch den Galápagos-Archipel, und wir auf Floreana gaben dann das Dinner.

Es gab viel Aufregungen, damit auch alles klappte, und unsere Aunty war ganz in ihrem Element.

Nach dem Mittagessen trugen sich die hohen Gäste ins Gästebuch ein, und zum Abschied küsste die Prinzessin den kleinen Charles, der gerade 11 Jahre alt war. Der war so verdutzt, dass er sagte: "Das ist der erste Kuss, den ich von einer fremden Frau bekomme".

1978

Die Kinder mussten nun schon alle in die Schule.

Damit sie ein richtiges Heim bekamen, kaufte Rolf eine Eigentumswohnung in Quito, und Paquita zog bald mit der ganzen Schar dorthin. Nur Ingrid, die bereits in Cuenca bei Bekannten untergebracht war, blieb dort, da sie schon bald graduiert wurde.

Margret Rose wurde schon fertig und besuchte anschließend für zwei Jahre das amerikanische Junior-College. Dann wurde Ingrid in Cuenca mit 'Sehr gut' aus dem technischen Collegio Ecuador entlassen. Henry Albert, Rolfs Ältester, machte seine Prüfung in Mathematik und ist heute an der katholischen Universität in Quito, um Betriebswirtschaft zu studieren.

Trudi wurde 1981 graduiert, Erika, Inges Nesthäkchen, hilft uns in der Pension. Lieselotte, Ingehild und Charles müssen noch ein Jahr bzw. drei Jahre in die Schule. Sie sind immer nur in den Ferien bei uns.

Natürlich entbehren wir Paquita sehr, aber wenn sie dringend gebraucht wird, weil jemand krank ist - was bei uns auch vorkommt - oder wenn neuer Orangenwein gemacht werden muss, dann kommt sie her.

So herrscht jetzt ein reger Familien-Pendel-Verkehr zwischen dem Kontinent und Floreana.

1979

Im Januar war das Haus mal wieder voller Gäste.

Da erhielt ich einen Telefonfunk, dass am 27.1. abends die Jacht 'Beagle III' kommen würde mit Prinz Hendrik von Dänemark.

Es war nur ein kleiner Empfang mit Orangenwein, Biskuits usw. Während wir erzählten und uns richtig gemütlich fühlten, streikte der Lichtmotor, der sowieso nur von 6 - 10 abends in Betrieb ist, und wir saßen im Dunkeln. Der Prinz nahm es sehr humorvoll, und wir zündeten Kerosin-Lampen an.

Galápagos - ein Weltwunder

1979

Wieder brennen Fernandina und Isabela, diese beiden unruhigen Inseln direkt vor unserer Haustür.

Der 'Cerro Azul' spuckt Feuer und Asche, von Februar bis Dezember, immer wieder. Wir sind schon ein bisschen daran gewöhnt, wenn auch Asche und Schwefelgestank gelegentlich sehr unangenehm sind.

Für uns in der Black Beach ist es ein grandioses Schauspiel. Aber immer wieder ist es entsetzlich, wie viele Tiere dabei umkommen.

Und sie sind so unersetzlich, weil es ja viele von ihnen nur hier auf der Welt gibt. Das ist auch die große Anziehungskraft, die Galápagos für die Wissenschaftler und Tierliebhaber in der Welt hat.

Seelöwe auf Plaza

In diesem Jahr feierten der Galápagos-National-Park und die Charles-Darwin-Gesellschaft in Puerto Ayora in der Academy-Bay von Santa Cruz ihr zwanzigjähriges Bestehen. Und jetzt weiß man in aller Welt, wie wichtig die Erhaltung der Ursprünglichkeit dieser Inseln ist.

Heute befassen sich Wissenschaftler mit der Aufzucht von Schildkröten und Landleguanen, damit sie nicht mehr von wildernden Hunden, Schweinen und Ratten vernichtet werden. Ziegen werden beseitigt, damit die Vegetation wieder ungestört wachsen kann.

1978 übergab der Gesandte der Bundesrepublik Deutschland der Galápagos-Nationalpark-Verwaltung drei neue Boote. Diese Boote wurden von der Zoologischen Gesellschaft von 1858 in Frankfurt am Main gestiftet, aus Professor Grzimeks Fernsehspenden-Sammlung 'Hilfe für die bedrohte Tierwelt'.

Mit nunmehr vier Überwachungsbooten achten die Beamten des Naturparks darauf, dass alle Vorschriften zur Erhaltung des Archipels eingehalten werden. Pelzrobben, die Anfang des Jahrhunderts als ausgestorben oder ausgerottet galten, gibt es jetzt wieder auf elf Inseln.

Es sind wieder etwa zehntausend.

Die verspielten Seelöwen sind überall, und es sind fast vierzigtausend. Das ist ein Erfolg der Schutzmaßnahmen.

Die Schildkröten sind auf allen Inseln verschieden. Sie haben sich den jeweiligen Lebensbedingungen angepasst. Manche haben lange und manche kurze Hälse.

Auch ihre Panzer haben unterschiedliche Formen. Es gibt heute noch zehn verschiedene Arten, und sie sind die größten der Welt.

Auf Floreana gibt es keine einheimischen Schildkröten mehr. Aber in unserem 'Zoo' krabbeln vier, die etwa fünfundzwanzig Jahre alt sind, ganz vergnügt herum.

Einige Inseln sind auch wieder ziegenfrei, so dass unsere einheimischen Tiere dort keine Konkurrenz mehr haben.

Viele junge Wissenschaftlicher verpflichten sich für einige Zeit ohne Gehalt, um die Tier- und Pflanzenwelt zu studieren und mitzuhelfen, dass alles wieder so wird, wie es der liebe Gott gedacht hat.

Hier ist alles anders als sonstwo. Die wilden Tiere sind so zahm, dass man sich im Paradies glaubt. Sie haben nicht gelernt, in den Menschen Feinde zu sehen, und das wurde vielen zum Verhängnis..

Rote Meerechse auf Hood

Jetzt stehen neunzig Prozent von Galápagos unter Naturschutz, und die Touristen, die uns besuchen, erleben eine in der Welt einmalige Natur.

Hier leben die einzigen Meerechsen, die die Jahrtausende und Jahrmillionen überdauert haben. Sie fressen Algen und faulenzen den ganzen Tag in der Sonne herum. Sie sind einfach keine Tiere unserer Zeit.

Auf allen Inseln sehen sie verschieden aus.

Die größten Echsen leben auf der Insel Hood.

Sie liegt östlich und noch ein bisschen südlicher als Floreana.

Hier sind sie rot und fast doppelt so groß wie die anderen.

Auf Hood nisten auch die Galápagos-Albatrosse.
Sie nisten nur hier. Aber wenn es im Januar heiß wird, verschwinden sie für ein paar Monate an die Küsten des Kontinents. Es gibt ungefähr zehntausend von ihnen.

Albatros

Sie sind mit einer Flügelspannweite von fast zweimeterfünfzig die größten Vögel, die wir hier haben.

Landleguan (Drusenkopf)

Die Landleguane, die so furchterregend aussehen und dabei so friedliche Pflanzenfresser sind, sind die größten auf der Welt. Auf einigen Inseln gibt es sie nicht mehr, aber noch sehr viele auf Plaza und Fernandina.

Von wunderbarer fremdartiger Schönheit sind die Fregattvögel mit dem großen feuerroten Kehlsack und dem schwarzen schimmernden Gefieder. Sie können nicht tauchen und fangen die Fische im Flug. Oft kreisen sie über dem Meer und beobachten die Tölpel, denen sie die Beute beim Auftauchen abjagen.
Sie sind richtige Piraten.

Aufgeblasener Fregattvogel

35

Gabelschwanzmöwe

Es gibt Pinguine, Flamingos, Gabelschwanzmöwen, Kormorane, die nicht fliegen können weil sie die Flügel nicht mehr zur Flucht brauchen, die grünen Seeschildkröten, die ihre Eier in den Sand legen und dann ganz schnell wieder im Wasser verschwinden um ihre Spur zu verwischen.

Und die Blaufußtölpel, die am Wege nisten und ihre Jungen neun Monate lang betreuen.

Flugunfähiger Kormoran

Wenn die flaumigen weißen Riesen mit neunzehn Monaten geschlechtsreif werden, bekommen sie ihre unglaublich blauen Füße.

Es ist ein prächtiges Schauspiel, wenn sich vor unserer Küste sechs bis acht von ihnen zum Fischen ins Wasser stürzen.

Die größten Tölpel sind die Maskentölpel, die meistens in der Nähe ihrer Verwandten, der Blaufußtölpel, leben. Aber sie sind schlauer.

Sie fischen weiter draußen auf dem Meer, um den räuberischen Fregattvögeln zu entgehen.

Rotfußtölpel gibt es bei uns auf Floreana nicht. Sie leben nur auf einigen Inseln und bauen ihre Nester in den Bäumen.

Die meisten leben und nisten auf Tower.

36

Es sollen etwa hundertvierzigtausend sein. Und allen kann man so einfach mal 'Guten Tag' sagen und mit ihnen schwatzen, wenn sie gerade gut aufgelegt sind.

Es ist wundervoll in der aktivsten vulkanischen Region der Welt.

Nun leben schon fast sechstausend Menschen auf den Galápagos-Inseln. Bei uns auf Floreana, wo lange Zeit nur die Wittmers wohnten, sind es jetzt ungefähr fünfzig.

Seit Patrick Wilkins 1807 als erster auf Floreana siedelte, Tabak anpflanzte und eine Schreckensherrschaft über seine Sklaven ausübte, und seit Walfischfänger Ende des 18. Jahrhunderts unsere erste Posttonne aufstellten, hat sich vieles geändert.

Jetzt führe ich das Postamt mit der Posttonne, und viele kommen einfach mal vorbei, um meinen amtlichen Posttonnen-Stempel zu holen, den es natürlich nur hier gibt.

Der Stempel hat für Philatelisten einen hohen Wert.

Gelegentlich wird die Posttonne auch heute noch benutzt, aber da gibt es keinen Stempel. Vorbeikommende Schiffe schauen immer mal nach, ob sich wieder Briefe verirrt haben.

Viele der immer wieder abgelegten Souvenirs haben ihren Platz an unserem Gartenzaun gefunden. Da können unsere Gäste sie bestaunen.

50 Jahre Floreana - Wie wird es weitergehen?
1979 - 1982

1979, an meinem Geburtstag, bekam ich von der ekuadorianischen Regierung die Urkunde über das Besitzrecht für das Terrain an der Küste für 7.315 Quadratmeter. Jetzt können wir also endlich sicher sein, dass uns 'Asilo de la Paz' und 'Esperanza', die Farmen von Inge und Rolf zwischen dem Strohberg und dem Monte Wittmer, und die Pension Wittmer an der Black Beach gehören.

In den vielen Jahren, die wir hier schon leben, haben wir uns immer für all dies verantwortlich gefühlt und es wie unseren Besitz gepflegt.

Die Insel hat es uns gedankt, indem sie unsere große Familie ernährte, wenn wir auch tüchtig dabei mithelfen mussten. Das Leben auf Floreana war kein Spaziergang, und trotzdem bin ich glücklich und froh, dass ich in dieser noch heilen Welt leben kann.

Jetzt arbeiten bei uns drei Männer, eine Frau, Inge, Ingrid, die Aunty und ich. Und dass wir nicht einrosten, dafür sorgen unsere Besucher. Rolf ist meistens mit der 'TIP TOP' unterwegs, für die ja auch immer Lebensmittel und Wäsche vorbereitet werden müssen. Auf der Farm haben wir jetzt über hundert Hühner und Enten, fünfundsechzig Rinder und vielerlei Gemüse. Das alles ist nicht zum Ausruhen. Und dann lässt das Versorgungsschiff mal wieder sieben Wochen auf sich warten, und das Radio von der Marinestation ist seit vier Wochen kaputt.

Wir haben dann nur Verbindung über die Passagierschiffe und Jachten, die sich alle jeden Tag zwischen halb neun und neun Uhr in San Cristóbal melden müssen.

Der Gesundheitszustand unserer Aunty ließ nach, und eines morgens fanden wir sie in ihrem Haus am Boden liegend. Sie hatte einen starken Herzanfall und war nun bettlägerig. Inge kam jeden Abend von der Farm und übernahm die Nachtwache, während Ingrid die Aunty ein Jahr lang tagsüber treu versorgte.

Margret Rose heiratete im September einen Rechtsanwalt. Es war eine sehr schöne Hochzeit in Quito mit einem großen Empfang im Hotel Colón, zu dem sich unzählige Freunde und Gäste eingefunden hatten. Da war ich also schon Schwiegergroßmutter und konnte als einzige nicht mit dabei sein, weil ich die Pflege der Aunty übernommen hatte.

Am 19. Januar 1981 ist unsere liebe Aunty nun eingeschlafen, und nach ihren Aufzeichnungen waren die glücklichsten zwanzig Jahre ihres einundachtzigjährigen Lebens die, die sie hier auf Floreana bei uns verbrachte.

1981

Aber immer geht das Leben weiter. Den ganzen Sommer über hielten uns die Touristen in Atem.

Die Feiern für Galápagos, das am 12. Februar 1982 150 Jahre zu Ekuador gehört, warfen ihre Schatten voraus.

Das erste Wiedersehen seit 1960. Margret Wittmer und Luise Dreßler 1981

Im Mai besuchte uns endlich Luise Dreßler mit der „Santa Cruz".

Eine Landung bei uns war nicht vorgesehen, und so stellte Kapitän Moncajo ihr ein Extraboot für die Fahrt zu uns zur Verfügung.

Luise Dreßler brachte einen Vertrag der Büchergilde Gutenberg zur Neuveröffentlichung von „Postlagernd Floreana".

Sie machte ein Interview mit mir für die Deutsche Welle, das zu meinem Jubiläum - 50 Jahre auf Floreana 1982 - rund um die Welt alle zwei Stunden gesendet wurde.

Außerdem machte sie den Vorschlag, „Postlagernd Floreana" up to date zu bringen. Das versprach wieder viel Arbeit.

Aber die Zeit bis zum Druck reichte nicht. Die Postwege sind zu lang.

Ein Brief braucht manchmal 6 Wochen von Kontinent zu Kontinent.

Am 23.12.1981 kam das Transportschiff 'Pinzon' und brachte eine Unmenge Material für Arbeiten zur Verbesserung der Insel.

Am 6. Februar 1982 kam Paquita nach Floreana und brachte die neueste Nachricht, dass mein Urenkel Jorge Antonio am 23.1.1982 geboren sei. Als wir gerade beim Kaffee saßen und alles über das Ereignis wissen wollten, kam unsere Erika, die 'Kesse', wie eine Touristin sie nannte, angerannt und sagte: "Aufhören Ihr, da kommt die Yate von der 'Ingala'; ist auch schon verankert".

Jesus Maria, mir schwante nichts Gutes. Wasser aufsetzen, Tisch decken, erstmal für fünfzehn Personen Eier kochen etc. etc., damit das schon mal fertig ist.

Und richtig, es wurden zwanzig Morgenkaffee und zwanzig Mittagessen. Es war die Kommission für die Festlichkeiten am 12. Februar, und mit den Vorbereitungen fingen sie 'schon' am sechsten an.

Paquita kam also gleich richtig in die Aufregungen hinein.

Es wurden Besprechungen abgehalten, wo ein Monument aufgestellt werden könnte - und was weiß ich alles.

Inge musste als Bürgermeisterin beim Komitee sein, und Trudi war in der Radio-Station. Unser Gouverneur bestellte dann für den 12. Februar um 12 Uhr zwanzig Mittagessen.

Am 11. Februar um acht Uhr morgens kam die 'Calicuchima' mit fünfundsiebzig Touristen. Es war ein College der sechsten Klasse, die vor dem Abitur steht. Diese jungen Leute müssen obligatorisch eine Reise nach Galápagos machen. Meistens bleiben sie drei Stunden, und dann geht es weiter zur Postoffice-Bay. Paquita hatte die Hände voll zu tun mit dem Weinverkauf und besserte ihre Privatkasse ganz schön auf.

Als auch das überstanden war, tranken wir gegen unseren Durst und die unverschämte Hitze ein Bier.

Dann berieten wir, welches Festkleid wir denn nun morgen, am großen Tag, anziehen sollten. Mitten im Gespräch kam eine Radiodurchsage, und das Festessen wurde abgesagt.

Der Präsident komme erst am 18. Februar, und so wurde wieder ein Mittagessen für den 19. 2. für zwanzig Personen bestellt.

Am 12. Februar weinte sogar der Himmel wegen dieser geplatzten Sache, und wir erhielten von Petrus viele Zentimeter Wasser. Nach langer Zeit mal wieder Regen, und es regnete in Strömen.

Abends, als alle Tanks voll waren fanden wir, dass wir mit der Absage der Feierlichkeiten für den 12. Februar Glück gehabt hatten.

Ein großer Tag
Der 19. Februar 1982

Am 17. Februar wurde nochmals durch das Radio bekanntgegeben, dass die Yate 'Ingala' am 19. Februar um 12 Uhr kommen würde, um eine Gedenkplatte anzubringen und mich für meine fünfzig Jahre auf Floreana zu ehren.

Also standen wir um fünf Uhr morgens auf und kochten:

Als Vorspeise mit Langusten, Hühnersuppe, Huhn mit Kartoffelsalat,
Kalbsschinken mit Eiern, grünem Pfeffer und Oliven,
Erbsen und Möhren, Eiscreme, Kuchen und Kaffee.
Dazu frischen Grapefruitsaft und Orangenwein.

Es wurde zwölf Uhr, ein Uhr, zwei Uhr, und keine 'Ingala' war in Sicht.
Um halb drei Uhr kam eine kleine Jacht von Santa Cruz. Und während
wir diese bedienten, sahen wir auch die 'Ingala'.

Bis alle an Land waren, wurde es halb vier
Uhr. Und bis es mit Nationalhymne und so
weiter soweit war, bekam ich um halb fünf
Uhr meine schöne große Goldmedaille
umgehängt. Der Senator von Galápagos
sagte, dass die Medaille einer Ausländerin
verliehen würde, weil sie fünfzig Jahre
ihres Lebens damit verbrachte, die Inseln
in der Welt bekanntzumachen - und noch
allerhand schöne Worte.

Die Goldmedaille

Dann verlieh mir die Charles-Darwin-Gesellschaft noch eine große
Bronzemedaille. Ich bedankte mich kurz mit einer Rede.

Nun war die Festlichkeit mit einem Glas Champagner vorbei und ich
dachte, den Leuten muss der Magen in die Schuhe gerutscht sein.

So kamen wir erst um halb sechs Uhr zum Mittagessen, und es waren
dreißig Personen gekommen statt zwanzig. Abends um halb acht Uhr
war alles vorbei, und ich bekam viele Dankeschöns von den Damen
und Herren, die zu meiner Ehrung gekommen waren.

Nach all den Aufregungen waren wir todmüde und gingen schlafen.

Aber ich konnte nicht schlafen. So setzte ich mich an meinen Schreib-
tisch und brachte diesen Bericht zu Ende.

Wenn ich nach diesen fünfzig Jahren auf mein Leben auf Floreana zu-
rückschaue, bin ich glücklich, dass mich das Schicksal auf diese Insel
gebracht hat.

Acht dicke Gästebücher sind vollgeschrieben. Wie viele werden es
noch werden? Wie lange werde ich der Familie noch vorstehen können? Wird meine Familie die Pension und die Farmen fortführen?
So viele Fragen!

Es wäre mein größter Wunsch und die Erfüllung und Krönung meines
arbeitsreichen Lebens auf Floreana, wo es in der ersten Zeit viel Steine
und wenig Brot gab.

Stephanie Seckelson, London, an Margret Wittmer am 5.8.1983.

"... ich habe Ihr Buch einfach verschlungen. All Ihre Erlebnisse waren so lebendig dargestellt, dass ich das Gefühl hatte, dabei gewesen zu sein.

Als ich vor einiger Zeit bei Frau Dreßler in Frankfurt war und sie mir von ihren Erlebnissen auf den Galápagos-Inseln erzählte, lief mir ein kalter Schauer über den Rücken, als ich das Bild von Robert Philipson sah. Robert war der einzige Sohn der besten Freundin meiner Mutter in Berlin. Er war nur ein paar Jahre älter als ich.

...Ich sende Ihnen diese Bilder, um Ihnen zu zeigen, aus welcher Familie Robert stammte. Er sah so gut aus, dass alle Mädchen ihm nachliefen. Seine letzte Freundin in Berlin, die er mir auch vorstellte, war auch ziemlich herrschsüchtig (wie wohl die so genannte Baronin später), dass seine Mutter meinen Vater bat, ob er ihm nicht irgendwo im Ausland eine Stellung verschaffen könne. Da mein Vater seinerzeit einige Beziehungen in Paris hatte, nahm Robert dort eine Stellung an. Dann passierte das Unglück, dass die französische Regierung ein Arbeitsverbot für Ausländer herausbrachte und Robert seine Stellung verlor. Er wurde ein Agent für irgendwas und lernte dabei besagte Baronin kennen.

Sein Vater hatte irgendeine Fabrik für technische Dinge, war aber wohl kaufmännisch kein Genie. Während der Inflation bezahlte er seine Arbeiter im Goldstandard, verlor alles Geld und ging pleite.

Philipsons hatten eine sehr große Wohnung in der Xantener Straße in Berlin. Um überhaupt existieren zu können, vermieteten sie alle Zimmer bis auf eins, in dem sie lebten.

Als dann eines Tages Robert mit seiner Baronin in Berlin erschien, erstanden die Eltern mit großer Mühe Theaterbillets, um den beiden eine Freude zu machen. In der Pause rief auf einmal die Baronin zu Robert: "Robert, komm, wir gehen. Dein Vater spricht schlecht über mich".

Und Robert, der ein sehr weicher Mensch war und dieser Baronin vollkommen hörig, verließ das Theater mit ihr, und das war das letzte Mal, dass seine Eltern ihn sahen.

Er schrieb ihnen noch einen Brief, wie leid es ihm tue, aber dass er ohne diese Frau nicht leben könne, und dass er mit ihr und noch sieben anderen jungen Leuten nach den Galápagos-Inseln auswandern werde. Und das war das letzte Mal, dass seine Eltern von ihm hörten."

Nachrichten von Galápagos
1982 - 1984   **Margret Wittmer**

Auf Plaza, mit Seelöwe Charly, der den Anlegesteg bewacht.
Hier gibt es die meisten Seelöwen, ca. 1.000.

1982
Die großen Feiern 150 Jahre Galápagos zu Ekuador und für mein 50-jähriges Jubiläum auf Floreana sind, Gracias al Dios, vorüber.

Man brachte mich ganz schön durcheinander, und bei all dem Theater bekam man kein Bein auf die Erde.

Rolf meinte: Du siehst nicht gut aus und musst Dich mal ein bisschen erholen.

Aber das ist leicht gesagt, wenn fast jeden Tag die Jachten kommen und nicht nur versorgt, sondern auch unterhalten werden wollen. Ich wäre aber wohl sehr undankbar, wenn ich mich darüber beklagen wollte. Meistens macht mir das auch viel Spaß, und ich denke nicht, dass ich auf einer einsamen Insel lebe.

Und irgend etwas Aufregendes passiert auf unserer schönen 'Floreana' ja immer.

Ich glaube jedoch, der schrecklichste Tag in meinem Leben war der 30.März 1982. Als ich die Nachricht bekam dachte ich, mit mir wäre es auch zu Ende.

Rolf verlor seine TIP TOP mit allem, was drin war.

Er selbst konnte sich vor Plaza mit seinem Koch im Beiboot retten und blieb unverletzt bis auf einen Nervenzusammenbruch, den wir dann hier auch alle hatten.

Das ist nun alles sehr schlimm für uns, denn unsere Haupteinnahmequelle war doch die TIP TOP. Aber die Hauptsache ist, dass beiden nichts passiert ist, - bei all den Haien, die da herumschwimmen.

Und wir brauchten wohl auch eine neue Jacht.

Rolf fuhr also im Juni nach Guayaquil, um sich darum zu kümmern.

Im Juli kam er mit seiner Familie wieder nach Floreana, und ich konnte mehr über das neue Traumschiff erfahren.

Es soll 'TIP TOP II' heißen und für 12 Personen sein. Wir hoffen, dass es im Januar 1983 fertig ist.

Der Rumpf war im September schon bald fertig. Aber dann wurden die Kredite eingestellt, und so wird es vielleicht etwas länger dauern. Paciencia; nur wird man älter, und die Zeit läuft einem davon.

Im Juli kam auch die 'Ingala' mit fünf Arbeitern. Wir bekamen auf der Farm ein größeres Dach und einen neuen Wassertank, damit sich die Wasserverhältnisse bessern. Seit April hat es nur 9 cm Regen an der Küste gegeben.

Im Oktober fing der Zimmermann schon mit den Holzarbeiten für die TIP TOP an. Rolf war nun immer in Guayaquil, und im Dezember konnte der Motor schon eingebaut werden.

1983

Aber dann fing es an zu regnen, die Wetterverhältnisse wurden schlimm, und der 'El Niño' hatte seinen Einzug gehalten.

Auf Floreana fielen zwei Berge auseinander, und alle gute Erde zum Pflanzen wurde abgewaschen und floss ins Meer. Sieben Monate regnete es in Strömen, und alles, alles stand unter Wasser. Dazu kam noch der Aufruhr des Meeres mit haushohen Wellen, und zuallerletzt, im März 1983, stand das Wasser bis vor unsere Haustür. Alle Farmen sind von den Wassermassen, die 3,90 m erreichten, zerstört.

Es besteht noch die Gefahr, dass alle Rinder eingehen, weil sie trotz der drei Meter hohen Pflanzenmengen nichts Richtiges zum Fressen haben, weil alles Gras sauer geworden ist.

44

Die Hufe werden nicht mehr trocken, schwellen auf, und die Tiere können nicht mehr laufen. Da das Seewasser um elf Grad wärmer ist als normal, sind die Fische und alles andere Viehzeug ausgezogen, und auch die Vögel haben es vorgezogen zu verschwinden.

Kein Seelöwe lässt sich sehen.

So ist der Tourismus gleich Null, denn die Touristen können nicht mehr aussteigen, weil es eben in Strömen regnet und das Meer so wild ist, dass man die Boote nicht runterlässt.

Dazu kommt, dass es nicht einen Tag gibt, an dem wir nicht 37-39 Grad im Schatten haben. Bis heute war der Humboldtstrom noch nicht da, und wie die Wissenschaftler sagen, kommt er auch in diesem Jahr hier nicht vorbei. Das heißt 12 Monate mehr Regen und dieselbe Temperatur. Und durch dieses Unwetter ist die TIP TOP um drei Monate zurück, denn auf dem Kontinent sieht es auch nicht besser aus.

Im Juni 1983 kam die große Schiffsglocke für TIP TOP II aus Deutschland. Nun fehlt nur noch die TIP TOP selbst.

Ich habe Rolf seit November 1982 nicht mehr gesehen. Er arbeitet in Guayaquil an dem Boot. Auch Post hat es lange nicht gegeben.

Beim Postamt in Guayaquil ist eine Mauer durch den vielen Regen eingefallen, und ausgerechnet in der Abteilung für Auslandspost.

Nun wurde die TIP TOP am 15.5.1983 ins Wasser gelassen, und nachdem Rolf eine Woche nach Diesel gerannt war, bekam er 1000 Gallonen. Am anderen Tag war alles wieder ausgelaufen, weil der Tank ein Loch hatte.

Als alles wieder sauber gemacht war, wurde eine Probefahrt auf dem Rio Guayas gemacht, und da stellte sich heraus, dass eine Welle oder wie das heißt,- nur vor und die andere nur rückwärts ging. Also musste eine neue von General Electric aus den USA kommen.

So ist das mit der TIP TOP, und da blitzt und donnert es wie verrückt Tag und Nacht. Und die Radiostation funktioniert auch nicht mehr.

Am 28.6. kam die Jacht 'Santa Cruz' mit den Lindblad-Leuten. Aber nur 45 Personen. Bei 48 Mann Besatzung ist da ja auch nicht viel.

Nach vielen 'Mañanas' hörten wir am 8. Juli die neue TIP TOP in unserem Radio-Telefon.

Rolf meldete uns, dass er um 7 Uhr morgens Galápagos-Zeit von Guayaquil Richtung Floreana abgedampft sei. Nun hatten wir jeden Morgen und Nachmittag Radio-Kontakt, und immer hieß es 'alles OK', und wir wollen am 11. Juli in Santa Cruz sein.

Wir Frauen konnten es schon garnicht mehr aushalten in Erwartung der Dinge, die da kommen sollten. Dann kam am 11.7. Nachricht von Santa Cruz, dass sie angekommen seien und damit das 16-monatige Martyrium zu Ende war.

Am 12. Juli, also an meinem Geburtstag, wollten sie am Nachmittag vor Floreana ankern.

Ich weiß nicht, ob sich jemand vorstellen kann, wie meschugge wir vier Frauen waren. Wir hatten zwei große fette Enten geschlachtet und fein gebraten, eine Flasche Rheinwein kaltgestellt, Kuchen gebacken, und wir hatten einen guten Kaffee gekocht.

Nun war der Tisch schon festlich gedeckt, und endlich, um vier Uhr schrie eines der Kinder "Er kommt, er kommt!" Und dann hörten wir auch schon die große neue Glocke über das Wasser klingen.

Bis dann geankert und der Hafenkapitän mit den Kindern an Bord war, verging noch eine Stunde, bis wir unseren Rolf begrüßen konnten. Der Himmel wollte auch dankbar sein und sandte zur Taufe eine seit 9 Monaten gewohnte Dusche, so dass alles anfing zu rennen und die Fenster zu schließen.

Als abends auch noch das Postschiff kam, bekam ich die ersten zwei Exemplare meines neuen Buches.

Und das war dann wirklich noch einmal eine ganz große Geburtstagsfreude. Alles an einem Tag.

Rolf hätte nun etwas Erholung gebraucht.

Aber am 15.7. musste er gleich wieder nach Baltra, um die ersten Touristen abzuholen. Für Juli und August war er auch schon ausgebucht.

Die neue TIP TOP ist 18 Meter lang, sehr breit, hat einen großen geräumigen Salon, eine kleine Bar und 6 Kabinen mit je 2 Betten, drei Waschräume und zwei Motoren mit 180 PS.

Zuerst war ich etwas enttäuscht über die Bauform. Aber jetzt bin ich froh, dass alle Welt 'SIE' komfortabel findet.

Radio Atahualpa von Guayaquil berichtete:

"Auf Galápagos gibt es eine neue Jacht die TIP TOP heißt und die beste der ganzen mittleren Touristenflotte ist.

Sie hat Kabinen für 12 Personen und für je vier Touristen einen Waschraum mit WC. Und sie hat Süßwasser.

Es gibt den besten Komfort. Das Schiff wurde in Ekuador gebaut und ist Eigentum von Kapitän Rolf Wittmer.

Er ist der erstgeborene Sohn der weltweit bekannten Margret Wittmer, der Autorin des besten Buches über das Leben auf Galápagos 'POSTLAGERND FLOREANA' ."

Ich war ganz glücklich, als ich von der Sendung hörte.

Rolfs neue Jacht TIP TOP II, gebaut 1982/83

Im Oktober erhielt ich die ersten Postpakete von 'Postlagernd Floreana', so dass ich meine Touristen wieder beliefern kann.

Fast jeder nimmt ein Buch mit, weil er ein Andenken an die 'Alte Schildkröte' will. Auch wenn er es gar nicht lesen kann.

Im November erhielt ich von Luise Dreßler die Nachricht, dass sie die Verfilmungsrechte des Buches verkauft hat.

Ich bin vor Freude bald vom Stuhl gefallen. Das war hier natürlich eine große Aufregung, und wir müssen ja wohl einige Vorbereitungen treffen. Inzwischen habe ich allerdings auch erfahren, dass das alles nicht so schnell geht.

1984

Im März kam ein Filmteam aus Deutschland und machte Aufnahmen von Galápagos, von unserer Farm und von der Familie.

Ostern war wieder eine Gruppe Schweizer hier.

Anfang April hatten wir ganz hohen Besuch. Es waren die Duchess of Westminster und Marchesa Lavina Chalmondel.

Im April besuchte uns Rollo Gebhard, der zweimal allein mit seiner ‚Solveig' die Welt umsegelte, nach 16 Jahren, und es war ein sehr frohes Wiedersehen.

Im Juni vermittelte uns Luise Dreßler einen Besuch von Arne Falk-Rönne, ein Reiseschriftsteller, der für Familien-Journalen in Kopenhagen arbeitet.

Margret und Rollo Gebhard

Er hatte die Nachfolge von Hakon Mielche angetreten, der uns in der schweren Ritter-Zeit mit seinem Humor so manche trübe Stunde erhellte. Auch mit Arne hatten wir viel Spaß.

Aber von seiner europäischen Ungeduld hatte er zu viel nach Floreana gebracht. 'Mañana' und 'Paciencia' waren Fremdwörter für ihn.

Dieses hat Arne Falk-Rönne ins Gästebuch geschrieben:

Arne Falk-Rönne

"To the Lady of Floreana! Mrs. Margret Wittmer must be a very happy woman. Not only has she with her late husband succeeded in making a dream come through when they were staying with the children here for many years, but now she has most of her family around her, is the world-known 'Lady of Florin' and a famous author at whose table royal persons as well as international Sailors and Adventurers admire not only her excellent cooking (the best food west of the Andes and east of the Marquesas) but first of all her warmhearted attitude to mankind. I have only been in the house for a week but in spite of that I feel as if I am almost a member of the sympatical family Margret Wittmer, Ingeborg and Trudi.   June 7th, 1984."

Zu meinem Geburtstag soll nun in Familien-Journalen in Dänemark eine Serie über mich beginnen.

Und dann kommt ja bald Luise Dreßler, zum zweiten Mal nach 1981, um mit uns meinen Geburtstag zu feiern. 80 Jahre.

Tagebuch von Luise Maria Dreßler

24.6. - 21.7.1984

Besuch bei Margret Wittmer auf Floreana
zu ihrem Geburtstag, 80 Jahre am 12.7.1984

Rolfs und Paquitas Steinhaus an der Black Beach, mit Schulkindern

1984

Nach meinem Kurzbesuch im Mai 1981 bei Margret Wittmer hatte ich
nun einen vierwöchigen Urlaub geplant.

Inzwischen hatten wir eifrig korrespondiert.

Ihr Buch "Postlagernd Floreana" war 1983, neu bearbeitet, wieder veröffentlicht worden und nach kurzer Zeit schon vergriffen.

So steht jetzt nur noch **Postlagernd Floreana actual** zur Verfügung.

Dieses Mal reiste ich direkt zur Señora Margarita, um mit ihr am 12.
Juli 1984 ihren 80. Geburtstag zu feiern.

Aus dieser Zeit sind die nachfolgenden Aufzeichnungen.

Mittwoch, den 27.6. 1984   auf Floreana
Es ist 5,27 Uhr. Über dem 'Cerro de las Pajas', dem Strohberg, beginnt
sich der Himmel zu röten. Aber es wird noch 1/2 Stunde dauern, bis ich
meine Taschenlampe löschen kann, bei deren Schein ich diesen Bericht
beginne.
Elektrisches Licht gibt es nur von 18 - 22 Uhr.
Eben hat mich Lump, der Haushofhund, mit überlautem Bellen geweckt. Etwas entfernt krähen Hühner, und das Meer rauscht so beruhi-
gend monoton an den Strand vor meinem Bungalow. Ich bin noch nicht
richtig in der Zeit, aber jeden Tag kann ich ungefähr eine Stunde länger
schlafen.
Gestern Morgen meinte ein Esel gegen 1/2 5, es sei nun genug geschla-
fen und weckte mich mit 'melodischen' Trompetentönen.
Als ich nach 12 Stunden Flugzeit (Zwischenlandung in Caracas) 1/4
Stunde zu früh in Quito ankam, erwarteten mich Paquita und Ingehild
und brachten mich zu ihrem Appartement. Es ist sehr schön, hoch über
Quito mit Blick auf die schneebedeckten Berge der Straße der Vulkane.
Natürlich, 2800 m Höhe sind vorsichtig anzugehen, und die Temperatur
war auch nur 18 Grad.
Also, am nächsten Morgen, dank Paquitas Beziehungen mit einem frü-
heren Flugzeug eine Stunde nach Guayaquil, was uns einen besseren
Platz nach Baltra sicherte.
Nun ist es 5,46 Uhr und 'mein' Esel trompetet schon wieder.
Für Lumps zarte Ohren wohl eine Qual, denn er bellt ihn gerade laut-
stark an, damit er aufhört.
Und einer von den Darwin-Finken flötet auch fröhlich in den Morgen.
Mit solch lieblichen Tönen kündigt sich der Tag auf Floreana an.
Auf Rolfs TIP TOP geht gerade die Nachtbeleuchtung aus.
Rolf war in Baltra, schleppte unser Gepäck und Kisten mit Lebensmit-
teln zum Bus. Wir verabschiedeten Schubby, der nach einigen Tagen
Galápagos wieder nach Quito flog, und fuhren zur Fähre.
Rolf hatte die TIP TOP in Puerto Ayora auf Santa Cruz geankert. Die
Schiffsreise hätte sonst 4 Stunden länger gedauert.
Wieder alles umladen auf die Fähre, auf der anderen Seite wieder in
einen Bus, der auch nicht gerade neu aus der Fabrik kam. Und dann
begann eine abenteuerliche wunderschöne Fahrt eine Stunde lang quer
über die höchsten Berge von Santa Cruz mit dichtem Urwaldgestrüpp
und prächtigen Ausblicken auf Santiago und Daphne.

Im Hafen viel Gewimmel, denn Santa Cruz hat die meisten Einwohner von Galápagos. Rolf und Paquita begrüßen fast alle Leute.

Rolf hatte noch einige offizielle Dinge zu erledigen, und Paquita und ich übten 'Paciencia' und bewachten unser Gepäck. Dabei wurden wir immer wieder von Leuten gestört, die die Señora aus Deutschland begrüßen wollten.

Gegen 5 Uhr nachmittags hatte Rolf endlich alles erledigt, und wir konnten unsere 5-stündige Seereise nach Floreana antreten.

Paquita und ich suchten uns einen Schlafplatz, weil es ja schon fast dunkel war, und wir schlummerten in der hüpfenden, jagenden, blitzsauberen und gemütlichen Jacht Floreana entgegen.

Um 21,45 Uhr, gerade bevor das Licht auf Floreana ausging, konnten wir anlegen, ausbooten und von Inge-Floreanita, Trudi und Lieselotte begrüßt werden.

Dann großer Empfang durch Señora Margarita, die vor Aufregung und überstandener Grippe nun auch noch fast die Sprache verloren hatte. Aber das kann nur vorübergehend sein.

Gästebungalows an der Black Beach

Mein Bungalow ist sehr hübsch und für hiesige Verhältnisse wahrscheinlich sehr komfortabel. Schlüssel gibt es nicht. Aber wer soll hier schon kommen.

Der Waschraum ist ein Ereignis. Dusche, WC, Waschbecken, alles vorhanden. Aber kein Wasser. Wasser gibt es genug. Nur, - die Tanks stehen draußen auf der Erde, und so ist natürlich überhaupt kein Druck da. Also Kübel und Eimer.

Wozu braucht man auch Wasser im Paradies, wenn vor der Haustür das Meer rauscht mit im Augenblick 20 Grad.

Gestern, an meinem ersten Tag, habe ich erst mal die Zeit verdöst, dann das große Grundstück inspiziert, die vier Schildkröten begrüßt, mit Hunden und Katzen Freundschaft geschlossen und bin am schwarzen Lavastrand entlang spaziert.

Zwei besondere wunderschöne Seeigel habe ich gefunden, die hoffentlich den Transport gut überstehen werden.

Seit November 1983 ist es nach der langen Regenzeit ganz trocken. Die Orangen, die knallvoll an den Bäumen hängen, sind ohne Saft. Trotzdem ist die Insel ganz grün, und das liegt wohl an der Meeresfeuchtigkeit. Diese Trockenheit ist sehr schlimm für Wittmers.

Für Rolf wird es heute ein harter Tag. Er muss die TIP TOP herrichten. Putzen, Lebensmittel, Betten, Wassertanken, weil er am Sonntag in Baltra Touristen aufnimmt.

Morgen Abend kommt eine Jacht und bringt Touristen zum Abendessen. Da müssen wir mal fleißig 'Postlagernd' verkaufen.

Noch immer 27.6., 9 Uhr.

Soeben hatte ich mit der Señora ein amüsantes Gespräch nach dem Frühstück, und nun sitze ich auf meiner Terrasse in der Sonne, schaue zuweilen auf das Meer, und ein paar Esel leisten mir Gesellschaft.

Ein Pelikan und einige Tölpel wiegen sich auf den Wellen, steigen gelegentlich auf, um sich wieder ins Wasser zu stürzen. Fregattvögel sind gerade nicht in der Nähe.

Also, die Señora berichtete mir in aller Farbigkeit von dem Besuch von Arne Falk-Rönne, der mich auch schon zweimal in Frankfurt besucht hatte.

Von seiner europäischen Ungeduld, die er hierher getragen hatte. Dabei ist der Mann doch ein Weltenbummler.

Eigentlich ist es gar nicht schwer, sich in dieses 'Dolce far niente' fallen zu lassen. Wenn ein Schiff nicht um 8 Uhr kommt, kommt es eben erst um 11 - oder irgendwann, - vielleicht nächste Woche.

Der Esel, der den Transport zur Finca übernehmen sollte, war weggelaufen, vielleicht weil eine Kollegin im Busch besonders schön die Trompete blies.

Nun musste erst ein anderer gefunden werden, der stark genug war, den großen Mann und all den Kram zur Finca zu tragen, damit der ‚Inka-Kopf' von Thor Heyerdahl auch ins rechte Licht kommt.

Mit Sonnenaufgang beginnt für die anderen schon die Arbeit.

Die Schweine grunzen und wollen ihr Futter, die Hühner gackern lange bevor die Menschen ans Kaffeekochen denken können.

Aber dann ist eine fröhliche Gesellschaft um den Tisch versammelt, und alle Sorgen werden für einige Zeit vergessen. Und doch empfindet Señora Margarita diese Zeit seit dem Untergang der TIP TOP I und der Regenkatastrophe als die schwerste ihres Lebens.

Und nun muss ich wohl doch etwas Ernsthaftes tun und das Interview mit der Señora für den Westdeutschen Rundfunk zum Geburtstag vorbereiten. Hoffentlich ist sie morgen besser bei Stimme. Und heute Abend wird sie gebraucht, weil ein Schiff mit einer staatlichen Kommission zum Essen kommt.

Ich bin durch die Gegend gebummelt, durch 'Puerto Ayora Ibbaro', wie der kleine Hafen mit der Ansiedlung Black Beach heißt.

Dann bin ich am Strand entlang spaziert und hatte ein Stelldichein mit einem Pelikan. Es ist auflaufende Flut.
Die Wellen werfen kleine silbern glänzende Fische an Land. Sicher zwei Dutzend vor meine Füße.

Kühe und Esel bummeln frei herum.
Die Esel sind die Taxis von Floreana.

Der Pelikan hat bemerkt, dass hier Nahrung leicht zu haben ist. Aber er hält sich vornehm zurück. Ganz Kavalier.

Ich bin völlig uninteressiert an kleinen Silberfischen. Deshalb gehe ich ein Stück zurück. Dankbar übernimmt er meinen Platz und stopft sich den Kehlsack mit der köstlichen Nahrung. Arme kleine Fische.

Donnerstag, 28.6.1984

Rolf bunkert Wasser. Er muss heute schon nach Baltra fahren und einige Minister aufnehmen. Das Regierungsflugzeug kommt morgen. Andere Flugzeuge dürfen freitags nicht fliegen. So muss ich also mit der Señora den ganzen Vormittag das Band für den Westdeutschen Rundfunk aufnehmen. O Gott, ihre Stimme ist noch immer sehr belegt. Hoffentlich ist sie brauchbar. Es hat sie doch ziemlich angestrengt.

53

Wir werden Rolf also eine Woche nicht sehen. Samstag sind 19 Touristen zum Abendessen angemeldet. Fast zu viel Betrieb.

Die Black Beach ist fast eine kleine Stadt. Es gibt sogar ein paar 'Straßen' mit Namen, die jeweils 10 m breit sind. Aber hier könnte nicht mal ein Kinderroller fahren.

Die Anlage hat Rolf bestimmt, damit es nicht zu eng wird, wenn vielleicht neue Siedler kommen. Ich habe mal vermessen und einen Plan angelegt.

Mein Pelikan sitzt wieder wie sein eigenes Denkmal auf einem Lavafelsen, ganz in meiner Nähe. Wir sind schon richtige Freunde. Um ihn herum tanzen einige Seelöwen oder schlagen Purzelbäume. Pinguine waren heute Morgen zu Besuch, Tölpel auch.

Die ganze Tierwelt von Floreana scheint sich ein Stelldichein zu geben, um Rolf zu verabschieden. Gott, was der alles schleppt. Das geht nur bei Flut, weil er dann ganz dicht an der Küste ankern kann.

Gestern habe ich ein wunderschönes Seepferdchen gefunden. Inge sagt, das sei sehr selten. Ich habe es auf die Fensterbank gelegt. Heute Nacht hat die Katze die Köpfe abgebissen.

Auf der Loboria war ich noch immer nicht. Die Familie ist besorgt, dass ich mich verlaufe. So muss ich warten bis Lieselotte geneigt ist. Sie ist ein fröhlicher Fratz.

Freitag, 29.Juni 1984

Gott, habe ich beim Frühstück gelacht. Die Señora erzählte mir, dass Inge schon wieder zur Finca sei.

Natürlich, sie reitet ja fast jeden Tag. Aber dieses Mal ist die Wasserleitung verstopft. Inge ist seit 4 Jahren Bürgermeisterin von Floreana und für sowas verantwortlich. Für die Instandhaltung ist Carmuffel zuständig.

Carmuffel wohnt ganz allein in einer baufälligen Hütte am Ende vom Ort. Er lässt sich nur sehen, wenn er Hunger oder Durst hat. Seine verschiedenen Frauen sind ihm davongelaufen.

Die Regierung hat Carmuffel für die Wasserleitung angestellt. Aber seit drei Monaten hat er kein Geld gekriegt. Da kann man natürlich keine große Arbeitsbegeisterung erwarten. So schläft und träumt er lieber in den Tag hinein. Er ist 65 Jahre und hat vielleicht gehört, dass man woanders dann schon Rente kriegt.

Aber vorläufig hat er nun mal dieses verantwortungsvolle Amt. Die Wasserleitung muss funktionieren.

54

So muss die Bürgermeisterin also gleich für Ordnung sorgen.

Inge ist heute früh mit ihrem Esel aufgebrochen und hat Carmuffel einen Eimer Wasser über den Kopf gegossen.

Dann hat sie ihn brutal an ihren Esel gebunden, damit er nicht ausreißt bevor die Wasserleitung wieder funktioniert. Die Esel laufen nicht schneller als die Menschen.

Carmuffel ist ein Meister seines Fachs.

Das Wasser läuft wieder.

Maruja Samstag 30. Juni 1984

Maruja, die Señora des ersten Hafenkapitäns Zavala, lebt auch noch immer auf Floreana, in einem kleinen Häuschen, gleich neben der Funkstation. Maruja geht auf die 90 zu. Genau weiß sie es selbst nicht. Aber auf die Freuden des Lebens hat sie keineswegs verzichtet.

Señor Pareles macht ihr mit seinen 67 Jahren feurig den Hof, und so schweben die beiden im 'Luna del miel', im Honigmond.

Daneben denkt sie, dass der junge Hafenkapitän sie zu respektieren hat und sehr gut ihre Kühe melken kann, die ihr ein gutes Ein- und Auskommen sichern.

Schließlich ist sie nach Señora Margarita am längsten auf Floreana, und da kann man schon einige Aufmerksamkeit erwarten.

Maruja Zavala

Heute erteilte sie mir Audienz und erlaubte mir, sie zu fotografieren.

Sie war sehr charmant und bot mir Kaffee, Milch oder Orangensaft. Aber Trudi, meine Dolmetscherin, schüttelte leicht den Kopf.

Marujas Haus ist mehr als 40 Jahre alt und fällt sicher bald zusammen. Toll die Küche mit Schweinen, Hühnern, und was sich sonst noch dort wohlfühlt. Gemeinschaftsunterkunft für Herrin und Untertanen.

Wirklich, Margrets Haus ist dagegen ein Palast.

Maruja verfügt auch über geheime Kräfte aus der Zeit ihrer indianischen Vorfahren. Sie kann böse Geister bei kleinen Kindern austreiben. Das ist ganz einfach. Sie braucht ein Glas mit heißem Schnaps und eine weiße Zwiebel.

Zuerst schlägt sie ganz schnell drei Kreuze über dem Kind, dann wird die Zwiebel in den heißen Schnaps getaucht und blitzschnell auf dem ganzen kleinen Körper verrieben.

Der heiße Schnapsrest wird in die Kehle gegossen, und sofort entweicht der böse Geist mit lautem Gebrüll. Das ist ein Erfolg, der sofort zu erkennen ist, und jedes neugetaufte Kind muss dieser Behandlung schnell unterzogen werden. Natürlich erst, wenn der Padre abgereist ist.

So ist Maruja eine sehr angesehene Person und glaubt an ihren Zauber.

Sonntag, 1. Juli 1984

19 Gäste kamen zum Abendbrot, alles Amerikaner. Heute Nacht haben sie vor der Black Beach geankert, und heute Morgen waren sie wie ein Spuk verschwunden.

Carmuffel hat sein Wochenpensum an Arbeit erledigt und den Aufwasch gemacht. Das 'Floreana-Museum', so wird Maruja genannt, wird mit den Resten des Festessens versorgt. Hummersalat, Suppe, Gulasch mit Reis, Bohnensalat, Eiscreme selbstgemacht, und dazu immer Nispero-Saft. Natürlich auch Orangenwein, die Flasche zu 300 Sucres.

Die Señora macht beim Essen die Honneurs, und ihre Truppe bedient emsig. Trudi sieht mit Hibiskusblüte hinreißend aus.

Morgens um 1/2 10 Uhr und nachmittags um 1/2 4 Uhr beherrscht Trudi die Funkstation. Schade, dass ich nichts verstehen kann. Das geht kreuz und quer zwischen San Cristóbal, Santa Cruz, Isabela und Floreana. Neben der Funkstation hat der 'Dottore Saldago', der aber nur Krankenpfleger ist, seine Praxis. Eigentlich ist er Schneider, und gerade mauert er pfeifend an Inges neuem Haus. Das macht er am liebsten.

Dabei bekommt er allerdings gewöhnlich einen fürchterlichen Durst, kein Wunder. Da wird man besser nicht krank.

Sein Spitzname ist 'Tiki-Tiki'.

Heute morgen war ich endlich auf der Loboria mit meinen zwei kundigen Guides: Trudi und Lieselotte.

Was für ein abenteuerlicher Weg. Carmuffel hat ihn für die Touristen geschlagen. Aber nicht sehr gut. Man muss höllisch aufpassen, dass man nicht an den Dornen der Akazien hängen bleibt. Die Insel ist damit dicht bewachsen. Deshalb ist es auch wahrscheinlich unmöglich, Floreana richtig zu erforschen. Und es tut verteufelt weh, wenn man sich die Beine zerkratzt. Dabei laufen meine beiden Damen barfuss. Wo keine Dornen sind, sind Felsen, scharfe Lavafelsen.

Man braucht 1/2 Stunde, Schneckentempo. Aber es hat sich gelohnt. Feiner weißer Muschelsand auf der romantischen Halbinsel und viele viele Seelöwen.

Unterwegs haben wir einen von Inges Eseln getroffen. Er begrüßte uns freudig und wirbelte Wolken von Sandstaub auf. Wie werde ich aussehen, wenn ich zur Finca reite.

Wasser 17 Grad. Es wird immer kälter, - am Äquator.

Arne Falk nennen sie 'Billy Bear'. Mal sehen, ob ich auch einen Spitznamen bekomme.

Montag, 2. Juli 1984

Zu Dr. Ritters 'Frido'.

Heute mache ich mit meinen beiden Guides Trudi und Lieselotte einen Ausflug ins Landesinnere zu Ritters 'Frido'.

Dort leben jetzt die Cruz', die 12 Kinder haben. Das ist hier ziemlich normal. Zwei sind noch auf der Insel, drei in der Schule in Quito, die anderen auf den verschiedenen Inseln.

Wir begannen also den Spaziergang um 10 Uhr, 'Straße 12. Februar'. Aber was so harmlos begann, erwies sich als ein Weg wie durch Sanddünen. Inge sagt, es gibt Stellen, da geht man zwei Schritte vorwärts und rutscht vier zurück. Wenn wir auch sehr vernünftig langsam gehen - Trudi bestimmt das Tempo - so kommen wir erst in einer knappen Stunde in 125 m Höhe auf Frido an. Die Mühe hat sich gelohnt.

Ein traumhaft schöner tropischer Garten empfängt uns, - und ein freundlicher Señor Cruz in seiner besten Badehose.

Justina, seine Schwiegertochter kommt zu Besuch. Sie ist Amerikanerin und hat das 7. Kind von Cruz geheiratet. Beide hatten vorher auf der Darwin-Station auf Santa Cruz gearbeitet. Sie betreiben jetzt eine Farm in der Nähe von Esperanza, wo noch vier andere Familien wohnen.

Señor Cruz
von Ritters Farm

Jetzt können wir uns gut verständigen.

Freundlich wurden wir ins Haus gebeten, bekamen den ersten Drink aus Ritters Quelle.

Seit fast 40 Jahren leben sie schon auf Frido und haben es aus dem Dornröschenschlaf geweckt.

Dann wurde ich zu Ritters Grab geführt. Señor Cruz musste aber zuerst das Kreuz aufrichten, damit ich mit ernstem Gesicht davon ein Foto haben konnte.

Die Quelle. Es ist eine Art Brunnen, in dem das Wasser aufsteigt, wahrscheinlich vom Strohberg. Von dort fließt es ab in einen Tank näher am Haus. Señor Cruz zeigt mir stolz seine Dusche, die es ihm immerhin erlaubt, darunter zu stehen.

Nach den windigen Behausungen von Maruja und Carmuffel ist das Cruz-Haus fast eine Villa. Nach einiger Zeit erlaubt auch Señora Cruz, sie zu fotografieren.

Auf dem Meer sehen wir das erwartete Langustenschiff. Als wir nach fast drei Stunden zurückkommen, ist die ganze Besatzung von 30 Mann ausgestiegen und erwartet uns an der Schule, fröhlich und erfreut über den hübschen Anblick, den wir bieten. Aber meine beiden Señoritas wenden stolz die Köpfe.

Nicht die richtige Gesellschaft?

Beim Mittagessen ist Kapitän Charles bei uns zu Gast. Er hat von Inge ein Rind gekauft. Morgen muss sie also zur Finca und schlachten.

Solch ein Boot ist viele Wochen unterwegs. Soviel Frischfleisch kann man von Guayaquil nicht mitnehmen.

Vor der Schule waren einige Esel angebunden. Damit kommen die Kinder aus den Bergen, denn Schule muss sein.

Schulweg 2 Stunden hin, 2 Stunden zurück. Es gibt 8 Schulkinder und eine Lehrerin, deren Mann Fischer ist.

Hier warten alle auf die Garúa-Zeit, die schon längst überfällig ist.

Etwas Regen wäre sehr nützlich.

An der Küste regnet es in dieser Zeit fast überhaupt nicht. Hier wachsen auch nur Papayas, Bananen und Feigen.
Die Hühner gedeihen prächtig bei Maisnahrung.

Dienstag, 3. Juli 1984
Gestern habe ich schön gefaulenzt, mit Margarita die Abrechnung für 'Postlagernd' gemacht und ein Buch von Waldo LaSalle Schmitt gelesen. Mittags gab es Hummer, abends Barakado, alles gestiftet von Hummerfischerkapitän Charles.
Das Meer ist heute ziemlich unruhig. Rolf hat gefunkt, dass er vor Genovesa liegt. Alle seine Passagiere sind seekrank und können nicht von Bord.

Mittwoch, 4. Juli 1984

Heute also zur Finca mit Inge und Lieselotte.
Gegen 1/2 9 Uhr auf den Esel.
Die ersten 100 Meter war es schon komisch, dann fühlte ich mich immer lockerer, und es machte viel Spaß. Unsere Esel lieben ein gemütliches Tempo. Genau 2 Stunden bis zur Finca.
Kurz vor Ritters Farm beginnt es üppig grün zu werden. Nur der Weg - Sand, Sand, Sand. Auch für Esel ziemlich mühsam.

Wunderschöne Ausblicke auf die Postoffice-Bay, Santa Cruz und Isabela. Ganz klare Sicht. Immer mehr Berge. Keine Galápagos-Insel hat so viele Berge wie Floreana und ist so grün. Ich kann nicht fotografieren, mein Esel bleibt nicht stehen und hört nur auf das Kommando von Inge. Wir sind um den 'Pajas' herumgeritten und kamen endlich, an 'Esperanza' vorbei, nach 'Asilo de las Paz'. Über den 'Olymp' an einigen kleinen Höhlen vorbei. Dann steht man plötzlich vor der Wohnhöhle, fein aufgeräumt, mit Eckbank und dem berühmten Seeräuber-Kamin. Neben der Wohnhöhle der 'Inka-Kopf'.

Die Höhlen liegen in einem Hügel, der ganz durchlöchert ist. Ein hoher Felsengang, in dem man wie in einem Kamin aufsteigt, um in einen anderen Gang zu kommen, und schließlich ist man wieder auf dem 'Olymp' mit einem großartigen Panoramablick über die Insel bis zur Black Beach.

Seit zwei Wochen hat Inge in ihrem Farmhaus eine neue Familie mit drei Kindern, die für sie arbeitet. Eine Menge Kühe und Kälber laufen herum. Weiß und braun mit großem Geweih. Vor dem Haus sind große Grundstücke eingezäunt, und wie mühsam das ist weiß man, wenn man sieht, dass es hier wirklich keinen geraden Baum gibt. Die Algerobo-Bäume sind hier oben mächtig und grün. Vor dem Hintergrund der Berge wie in einem deutschen Mittelgebirge.

Inges Farm 'Asilo de las Paz'

Oberhalb von Inges Farm, etwa 50 m, liegt die Quelle. Auch eine Höhle. Das Wasser rieselt ganz leicht aus den Wänden und sammelt sich in einem Becken. Es ist ziemlich warm, schmeckt aber köstlich.

Es muss viel mehr sein, als man erkennen kann, denn in den Tank, der etwa 10 m unterhalb steht und die Black Beach versorgt, rauscht es kräftig hinein.

Das Paraiso der Baronin können wir nicht mehr besuchen. Es liegt nicht weit von Wittmers Farm.

Einen Weg dorthin gibt es aber nicht mehr. Ihre Spuren sind mit Dornen zugewachsen.
Auch zur Postoffice-Bay gibt es keine Verbindung mehr.
Wir besuchen 'Esperanza', etwa 1/4 Stunde von 'Asilo de las Paz' entfernt. Die Felder sind neu umzäunt, weil in der Regenzeit 1983 alles umgefallen war.

Dr. Friedrich Ritter
und Baronin Eloise Bosquet-Wagner-Wehrborn

Auf einem Maisfeld machen wir Siesta mit Papayafrüchten und Grapefruit, frisch von den Bäumen gepflückt.
Es liegen Unmengen von kleinen gelben Zitronen herum. Aber es ist nutzlos, sie aufzuheben. Keine Transportmöglichkeit und kein Bedarf auf dem Festland. Sie sind so saftig.
Nebenan ein Wald mit Guayaba-Bäumen. Wir schütteln kräftig und füllen zwei riesige Ledertaschen, damit Paquita Marmelade kochen kann. Der Boden ist bedeckt mit gärenden Früchten, und man wird ganz betäubt. So etwa muss es in Afrika sein, wenn die Elefanten einmal im Jahr berauscht werden und ihren gefährlichen Tanz aufführen.
Neben Esperanza werden neue Grundstücke kultiviert. Hier wohnt Jesus mit seinen vier Kindern. Jesus hilft Inge beim Rinderschlachten.
Auch den Kaffee wird Inge bald ernten müssen.
Wir treffen zwei Männer, die gerade eine große Menge Pfähle setzen. Alles krumm. Wirklich, hier ist es nicht leicht, zu überleben, bei all der Schönheit, von der man umgeben ist.
Zurück müssen wir laufen, Lieselotte und ich. Inge bleibt noch oben. Sie braucht am Abend alle Esel für den Transport.
Etwa 200 Pfund kann jeder tragen.

Donnerstag, 5. Juli 1984
Was für ein Glück, dass ich gestern bei der Rückkehr gleich ein 'Vollbad' mit Haarwäsche genommen habe. Die Strümpfe werden nie mehr sauber, deshalb ziehen sie hier erst gar keine an.
Gestern habe ich noch garnichts gemerkt, aber heute rächt sich der Esel.

Freitag, 6. Juli 1984

Heute Morgen hat Inge ein Rind geschlachtet. Gerade saß sie noch beim Frühstück, und kurz darauf war das Rind schon zerlegt. Jetzt schlummert es bereits in der Tiefkühltruhe, damit Rolfs Touristen am Sonntag etwas Ordentliches zum Essen kriegen, und wir auch.

Gerade kommt die Lancha 'Ingala' von Isabela und steuert direkt auf uns zu. Sieht fesch aus, ganz blau, und der Nachbar von nebenan macht sein Boot klar zum Ausschiffen.

Die Lancha, das Inselschiff, macht alle 2 Wochen die Rundfahrt von Santa Cruz aus. Das ist hier die billigste, aber auch die primitivste Fortbewegungsmöglichkeit.

Zuerst San Cristóbal, Übernachtung, dann Isabela, Übernachtung, dann Floreana mit Frühstück bei Wittmers und zurück nach Santa Cruz. Die Übernachtungsmöglichkeiten müssen sich die Reisenden selbst suchen. Das Schiff muss nachts geräumt werden.

Jetzt gibt es auch Post. Heute soll Carmuffel seine drei Monate bezahlt kriegen. Auch die Lehrerin bekommt ihr Gehalt.

Ausgezahlt wird von der Postmeisterin Margret Wittmer.

Vielleicht schwankt dann abends der Strom nicht mehr, weil Carmuffel auch dafür zuständig ist. Die Familie ist wahnsinnig beschäftigt.

Sonntag, 8. Juli 1984

Es ist 1/2 10 Uhr. Ich sitze auf meiner Terrasse. Es ist Flut, und der ganze 'stille' Ozean stürmt auf mich zu. Unglaublich, welche Wassermassen da in Bewegung kommen. Und ich mittendrin.

Die Familie behindert mich bei meinen Aktivitäten. Jetzt hatte ich gerade die Idee, das ganze Grundstück für den wichtigen Tag am 12. Juli zu kehren, und nun meinen alle, dass das eine fabelhafte Beschäftigung ist. So wird mir dauernd der einzige Eisenrechen, der auch schon bessere Tage gesehen hat, aus der Hand gerissen. Gerade 1/2 Stunde konnte ich arbeiten. Rund um das Haus sieht es schon fein aus.

Aber 7.000 qm sind schon eine ganze Menge. Natürlich muss auch der Hühnerhof sauber werden, und die jungen Damen sind fleißig bei der Arbeit. Ich kriege den Rechen dann sicher so um die Mittagszeit, damit ich einen Sonnenstich kriege.

Der 'Dottore' fragte mich gerade, ob ich nicht seiner Pflege bedürfe. Gott sei Dank kann ich noch nicht dienen.

Um 16 Uhr kam Rolf endlich mit seinen 11 Amerikanern.

62

Drinks, Besichtigung, Kartenschreiben, Erzählen und was Touristen sonst alles tun. Ich habe fleißig 'Postlagernd' verkauft, obwohl es keiner lesen konnte. Aber ein von der Señora signiertes Buch ist ja ein feines Souvenir. Und meine Unterschrift als Vorwortschreiberin kriegt man auch nur ganz selten auf Floreana.

Montag, 9. Juli 1984
So langsam fallen die Tage in einen gleichmäßigen Trott. Wahrscheinlich sehr gut für die Erholung. Die Amerikaner fragten mich, wie Wittmers das hier aushielten. Aber mein Gott. Hier ist mehr Betrieb und Besuch in einer Woche, als ich in Deutschland im ganzen Jahr habe.
Morgen Abend bringt Rolf Gäste vom Kontinent zur Geburtstagsfeier.
Es ist ziemlich 'kalt' geworden, 22 Grad.
Die Sonne lässt sich auch wenig sehen und alle ziehen schon Strickjacken an.
Charles vom Langustenschiff hatte bei der Rückkehr nach Guayaquil auf San Cristóbal einen Motorschaden. 8.000 Pfund Langusten mussten deshalb mit dem Flugzeug nach Guayaquil geflogen werden.
Kosten 1 Mill.Sucres = 30.000,- DM. Kein Wunder, wenn bei uns 1 Pfund 100 Mark kostet (heute € 85,-).
Auch die ganze Besatzung wurde mit dem Flugzeug zurückgeschickt.

Mittwoch, 11. Juli 1984
Mit Glockengeläut bin ich gestern zum Frühstück gebeten worden.
Ich bekam einen großen Rosenstrauß und ein Fläschchen Parfüm.
Dann ritt Inge mit Trudi zur Farm, Kartoffeln pflanzen.
Abends mein festliches Geburtstagsdiner und warten auf TIP TOP.
Gerade mal wieder, bevor das Licht ausging, Begrüßung bei Kerzenlicht.
Pater Raoul Pinta von Santa Cruz und Arturo und Marlene aus Cuenca.
Arturo war früher Rechtsbeistand des Jeffe Territorial auf San Cristóbal.

Arturo, Pater Raoul Pinza, Carmuffle

12. Juli 1984

Jetzt, um 7 Uhr am Morgen, zeichnet die Sonne strahlend die Konturen des Cerro de las Pajas. Sie steigt hier, am Äquator, sehr schnell höher und verspricht einen schönen Tag.

Da wird die Señora also heute 80 Jahre alt. Rolf und Paquita sind heute 27 Jahre verheiratet. Gratulation, Geschenke auspacken, der Tisch bricht fast zusammen. Zwei Postsäcke mit Briefen. Jetzt werden Vorbereitungen getroffen, die gedeckte Terrasse in eine Kirche zu verwandeln.

9 Uhr Gottesdienst für Señora Margarita.

Pater Raoul hat seine Jeans mit der Soutane vertauscht. Und alle haben sich festlich herausgeputzt.

Señora Margarita trägt ein Kleid mit indianischen Motiven, ein Geschenk von Enkelin Ingrid, die nicht von Cuenca kommen kann.

Um 9.15 Uhr, unter Einhaltung der schicklichen Zeit, marschieren die Schulkinder, alle acht, wie Küken hinter ihrer Lehrerin.

Jedes mit einer Oleanderblüte, die sie der Señora überreichen.

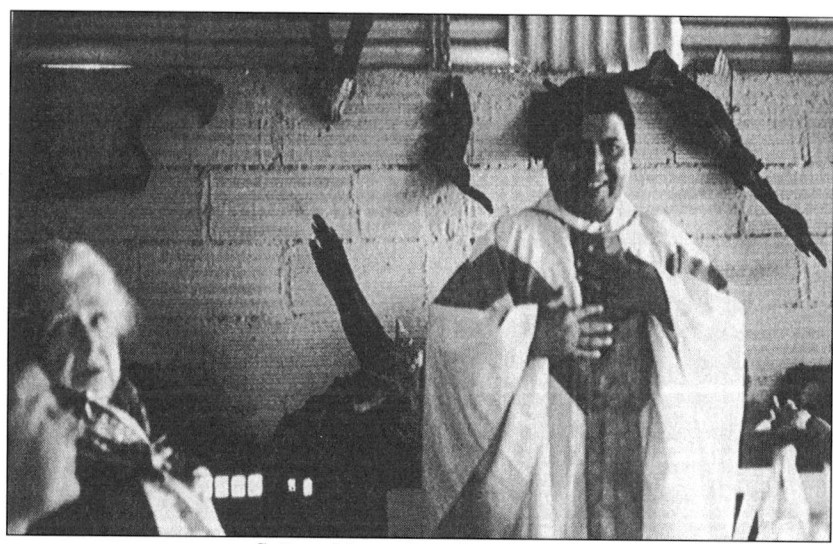

Señora Margarita, Pater Raoul

Die Dorfbewohner haben sich schon eingefunden, allen voran Maruja in Silbergrau mit einem zarten Tuch um den Kopf.

Die große Terrasse fasst kaum alle.

Margret, Inge, Rolf und Paquita bekommen die Ehrenplätze am Altar.

Pater Raoul hält eine kurze Ansprache, die ich leider nicht verstehen kann.

Sie muss sehr ergreifend sein, denn alle - ich auch - heulen feste drauf los.

Dann beginnt die feierliche Handlung, bei der alle noch einmal furchtbar heulen.

Als der Pater zum Schluss die beiden Ehrenmedaillen

Paquita und Rolf, Inge-Floreanita

von Señora Margarita zu ihrem 50-jährigen Floreana-Jubiläum segnet und Rolf die goldene und Inge die bronzene bekommt, fängt die Heulerei wieder von vorn an. Dann noch herzliche Umarmungen und tolle Knipserei.

Es war wirklich eine sehr würdige Feier.

Endlich zogen wir alle gemeinsam zum Hafen und bestiegen das Boot, das uns über das unruhige Meer zur TIP TOP brachte. Rolf hatte sich richtig als Kapitän beeindruckend weiß gekleidet. Das ist er ja auch, und er sah sehr fesch aus.

Paquita opferte gleich Neptun, und so hatten die Fische an dem festlichen Frühstück teil. Dass die Frauen hier alle seekrank werden.

Die Señora und Inge kamen erst gar nicht mit.

Wir wandelten mit dem Pater durch alle Räume des Schiffes, und er segnete und taufte es mit einer Rose, die er immer wieder in geweihtes Wasser senkte.

Lieselotte

Lieselotte gelang es, eine Flasche Sekt ohne Probe und mit einigen Verrenkungen vom Boot aus tip top am Bug der TIP TOP zu zerschmettern.

Trudi

Auf dieses Ereignis musste angestoßen werden mit Paquitas köstlichem Orangenwein.

Dann nichts wie zurück, damit Paquita wieder festen Boden unter die Füße bekam und die Lehrerin ihre wilde Horde einfangen konnte, die vor Freude über den freien Tag auf dem Schulhof herumtobte.

Festliches Mittagessen, Nachmittagskaffee und Abendessen.

Dann kam Trudi von der Funkstation. Die gesamte Galápagos-Flotte hatte die Drähte zur Gratulation heiß laufen lassen.

Natürlich, es hört ja immer ganz Galápagos mit.

Dieser Tag war für mich, und gewiss für alle anderen, ein eindrucksvolles und unvergessliches Erlebnis.

Freitag, der 13. Juli 1984

Heute ist Vollmond, das Wetter trüb.

Alle sagen, dass jetzt alle Beschwerden der letzten zwei Wochen verschwinden würden. Ich hatte gar keine.

Nach dem Mittagessen werden wir die TIP TOP entern und zur Postoffice-Bay fahren. Dort ist die Jacht ‚Santa Cruz', und wir liefern den Padre ab, der wieder nach Santa Cruz zurück fährt.

Wasser nur noch 18 Grad. Der Humboldtstrom dringt vor, und alle sind froh, dass es auf der Farm ab und zu regnet.

In Chile und Peru hat der Humboldtstrom schwere Unwetter und Schnee gebracht. Schlimm, es gibt ja nirgends Heizung. Nur offene Kamine, die aber fast nur zur Dekoration dienen weil Holz so teuer ist.

Auch Paquita hat ihren Kamin in Quito mit Nippes vollgepackt, weil er raucht.

Also, - nun **Posttonne.**

Sie liegt etwas oberhalb von einem sehr weißen Sandstrand. Inmitten von Buschwerk. Von hier aus ist die Bucht sehr idyllisch, wunderschön. Die Nationalparkverwaltung hat die Souvenirs entfernt, so dass man die Tonne wieder richtig sehen kann. Aber die Touristen können es nicht lassen ihre Zeichen zu setzen.

Die alten Schilder sind in ein Fass gewandert, aus dem wir sie mühsam herausfischen.

Jetzt prangen sie an Wittmers Zaun in der Black Beach als wenn sie dort schon immer gewesen wären. Wir haben fleißig gehämmert.

Ich bin ein Stückchen auf dem Weg ins Innere spaziert, den vor mir so berühmte Leute wie Thor Heyerdahl, Graf Luckner und viele andere gegangen sind.

Aber er verliert sich jetzt nach einigen hundert Metern im Gestrüpp.

Inzwischen ankerte die ‚Santa Cruz' in der Flamingo-Bucht, und ich konnte eine feine Aufnahme von der ‚Corona del Diabolo', der Teufelskrone machen. Dann haben wir uns unter die amerikanischen Touristen gemischt und wanderten zum 'Punto Cormoran'.

Hier ist feiner weißer Muschelsand, - der ideale Platz zum Schwimmen? Besser nicht.
Rolf warnte, hier seien Rochen im Sand. Sie sind grün mit blauen Punkten und haben einen scharfen Stachel im Schwanz. Damit können sie heftig zuschlagen und verletzen.

Seelöwen in der Flamingo-Bucht

Als wir wieder ins Boot wollten hatten wir einige Probleme mit den Seelöwen. Rolf bespritzte sie heftig mit Wasser, was sie für einen lustigen Scherz hielten.

Als wir endlich an Bord waren setzte sich ein Pelikan auf unser Beiboot und begleitete uns mehr als eine halbe Stunde. Nebenbei haben wir an langer Leine zwei riesige Tintenfische gefangen, die es morgen zum Mittagessen gibt.

Wie schön dieser Platz ist, trotz stacheliger Kratzenkralle, Algerobos und Akazien.

Samstag, 14. Juli 1984.
Morgen, am 15.7., kommt die nächste Jacht.

Rolf baut mit Lieselotte das neue Beiboot

Rolf baut gerade ein ncucs Beiboot.
Vor drei Tagen hat er angefangen, und jetzt ist es schon halb fertig. Bis Dienstag muss es gestrichen sein.
Er muss jetzt immer 2 bis 3-mal fahren, um seine Touristen an Land zu bringen.
Das kostet Sprit.

67

Ab Dienstag hat er für zwei Wochen Touristen. So ist für meine Rück-reise weit und breit kein Boot zu sehen. Señora Margarita hat für mich das Fischerboot vom Cruz-Sohn gechartert. Das wird mich mit Inge zur ‚Santa Cruz' in der Postoffice-Bay bringen.

Heute Morgen habe ich einen Spaziergang gemacht und traf den ‚Dot-tore'. Er hat mir wortreich erklärt, dass der Friedhof nur 10 Minuten entfernt sei und ich die richtigen Schuhe dafür anhabe.

Wenn ich aber sehr unternehmungslustig sei, könne ich auch die Fami-lie Cruz besuchen, die auf Frido lebten und mir Ritters Grab zeigen könnten.

Nun, die Familie hat ihn wohl nicht informiert, dass sie mir das alles schon gezeigt hat, - nach drei Wochen.

Aber man muss ja ein Gesprächsthema haben, und ich bin sehr stolz, dass ich schon verstand. So ähnlich muss es gewesen sein, als Margret und Maruja sich zum ersten Male begegneten.

Margret erzählte, dass der Allerseelentag auf Galápagos sehr wichtig sei. Dann werden die erlesendsten Speisen für die Toten gekocht, ihre Lieblingsgerichte. Und damit alle sehen, welch Feinschmecker der liebe Verstorbene war, werden sie auf sein Grab gestellt.

Auf dem Festland ist das auch Brauch. Am Abend hat dann der zustän-dige Padre mit seinen Brüdern stundenlang zu tun, um alles einzusam-meln, damit die Armenasyle einmal im Jahr zu einem richtigen Fest-essen kommen.

Hier ist Carmuffel das ‚Armenasyl'. Er sammelt alles in seinem elektri-schen Kühlschrank. Den hat er seit drei Jahren, aber bis auf die Türseite ist er noch fein verpackt und auch nicht an die Stromleitung ange-schlossen. So rostet er in der Bretterbude still vor sich hin, und man kann nur hoffen, dass Carmuffel alles schnell isst.

Es sind ja nur drei Gräber von Maruja. Wittmers spendieren da keine Köstlichkeiten.

Der Preis für ein Pfund Langustenschwänze ist hier 600 Sucres = ca. € 10,-. Billig. Jetzt wird auch schon begonnen, Trockenfisch zur Liefe-rung an den Kontinent für Ostern vorzubereiten.

Es ist Brauch, eine Suppe damit zu kochen, die ‚Fanesca' genannt wird. In allen Spanisch-sprechenden südamerikanischen Ländern wird sie am Gründonnerstag, Karfreitag und Karsamstag gegessen, und zwar von allen, die in den Himmel kommen wollen oder viel gesündigt haben, damit ihnen vergeben werde.

Das traditionelle Rezept ist so:
Kabeljau, Kürbis, Bohnen, Mais, Erbsen, Reis, Zwiebeln, Knoblauch, Kreuzkümmel, Erdnüsse, Milch, Sahne, Käse und gebratenes Brot.
Das Gemüse wird getrennt gekocht. Dann wird Milch erhitzt.
Die Trockenfische werden gewässert, klein geschnitten und alles kommt zusammen in die Milch. Vielleicht sind dann wirklich alle Sünden gebüßt oder es schmeckt sogar sehr gut.
Arturo hat 40 Pfund Trockenfisch (Stockfisch) bei Massimo gekauft.
Er hat den Fischen heute den ganzen Tag die Köpfe abgeschlagen.
Gerade brüllt Lieselotte, dass wir alle rauskommen sollen.
19 Uhr. Der Horizont über Isabela ist feuerrot. Vielleicht spuckt der ‚Cerro Azul'? Aber bald, nach einer Stunde, ist der ganze Zauber vorbei und unser Abendessen kalt.

Sonntag, 15. Juli 1984
Wir machen es uns heute gemütlich und halten ein Schwätzchen vor Auntys Haus. Etwas schwierig für mich, weil alle spanisch sprechen. Die Señora hält ihre Siesta.
Um 17.30 kommt eine Jacht mit neun Gästen zum Abendbrot.
Wir sind selbst schon 12, also zusammen 21.
Das regt niemand auf.

Paquita und Luise Dreßler auf Floreana 1984

Und ich verkaufe schnell noch einmal reichlich „Postlagernd Floreana" an die Neuseeländer.
Eben war ein weißer Reiher hier und hat unseren Esel von Zecken befreit. Er heißt ‚Egret' und kommt deshalb extra aus Australien, wie mir eben ein Gast erklärt.
Die neun Knaben sind wieder abgereist. Es war sehr unterhaltsam.
Señora Margarite ist die meistgeküsste Frau der Welt. Für diese Besucher vielleicht die einzige.

Montag, 16. Juli 1984
Heute habe ich mal aussortiert was hier bleibt. Fast alles.
Nur noch vier Tage.

Dienstag, 17. Juli 1984

Auf den Inseln geschehen seltsame Dinge.

Vor einiger Zeit kamen zwei Cruz-Töchter vom Festland. Sie wollten endlich wieder Fisch essen und kauften zwei am Hafen.

Auf dem Weg nach Frido begegnete ihnen die Frau von Massimo, 33 Jahre alt, und warf seltsame Blicke auf die Fische.

Nachdem am Abend vergnügt bei Cruz' gespeist worden war, wurde es in der Nacht allen furchtbar schlecht, und sie waren sicher, dass Massimos Frau die Fische verhext hatte.

Die Trockenfische, die Arturo bei Massimo gekauft hat, werden ja nicht auch verhext sein.

Margarita hatte einen ^Gast, der unter Schlaflosigkeit litt. Sie gab ihm einige Schlaftabletten. Als er kurz nach seiner Heimkehr starb erzählte Maruja, die Señora habe ihn vergiftet.

So ist das hier, - aber vielleicht wollte Maruja ja auch nur das Ansehen von Margret heben, denn wer sowas wagt, ist etwas Besonderes.

Vor einiger Zeit kam ein amerikanischer Journalist und fragte Margret, ob es wahr sei, dass sie 11 Menschen umgebracht habe.

Sie antwortete: „Aber natürlich, und Sie werden der 12. sein".

Sonst ist es hier ganz friedlich, und ich fühle mich vollkommen sicher.

Gerade, um 18.30 Uhr, haben wir mit 10 Mann/Frau das neue Beiboot ins Wasser gelassen. In 5 Tagen fertig.

Die Sektflasche, wieder von Lieselotte geschwungen, ging erst beim dritten Mal kaputt.

Jetzt noch abendliches Festessen; dann bringen wir Arturo und Marlene zum Boot und bleiben nur noch ein kleines Trüppchen.

Mittwoch, 18. und Donnerstag, 19. Juli 1984

Zwei ruhige Tage. Noch ein bisschen fotografiert und mit der Familie geschwatzt. Die Señora ist echt traurig, dass ich abreise.

Sicher erinnert alles bei deutschen Gästen an die Heimat, die sie wohl nie wieder sehen wird.

Freitag, 20. Juli 1984

Heute beginnt meine Odyssee nach Frankfurt.

Gegen Mittag steigen Inge und ich auf das Fischerboot. Wir sitzen auf Fischkisten, keine Bank, nichts zum Festhalten. Und das Boot hüpft schön munter über die Wellen, eine Stunde lang zur Postoffice-Bay.

Dann sahen wir die „Santa Cruz".

Vielleicht sind diese Inseln doch verzaubert, denn sonst hätte ich nicht ein Phantombild von der ‚Santa Cruz' mit Teufelskrone zustande gebracht.

Oder meine geheimen Kräfte sind auf Floreana gewachsen?

Auch die ‚Santa Cruz' scheint ein Geisterschiff. Alle Touristen an Land.

Kapitän Moncajo und Peter (Administrator) schlafen. Muss ja auch mal sein, weil doch nachts gefahren wird.

Ich bin Insider. So kann ich Inge, die noch nie an Bord war, mit allem vertraut machen. Vor allem erinnere ich mich an die Kaffeemaschine, die Tag und Nacht bereit ist.

Wir machten es uns im Salon bequem, bis nach einer Stunde der Kapitän erschien, der mich ‚natürlich' gleich wiedererkannte. Später kam Peter und spendierte uns einen Pisco-Sour. Den hatte Inge noch nie getrunken, und er schmeckte ihr auch nicht besonders.

Dann wurden wir zusammen mit den Touristen zum Abendbrot geladen, und für die Nacht die Funkstation komfortabel eingerichtet weil das ganze Schiff ausgebucht war.

Es roch furchtbar nach Mottenkugeln.

Samstag, 21.Juli 1984
Gegen 7 Uhr morgens kam die Insel ‚Santa Cruz' in Sicht.

Kapitän Moncajo ließ ein Boot für uns aussetzen und in den Hafen fahren. Frühstück im Hafenrestaurant und wieder in den wackeligen Bus quer über die Insel nach Baltra.

Touristen müssen für Fähre und Bus viel mehr bezahlen als Einheimische.

Auch der Flug von Baltra zum Festland ist für Einheimische sehr billig. Nur etwa DM 150,-, für Ausländer US $ 300,-.

Die Fähre nach Baltra

Die Ekuadorianer melden sich meist vorher gar nicht an, sondern versuchen es einfach. Die Flugzeuge sind fast immer ausgebucht.

Inge erwartete Erika. Aber sie kam nicht.

So musste sie allein mit dem Versorgungsschiff von Baltra nach Floreana fahren. Das Schiff kommt alle paar Wochen von Guayaquil, hat aber keine Kabinen.

Ich wartete derweil auf meinen Abflug. Der Flughafen auf Baltra ist in den letzten drei Jahren sehr modern geworden.

1981 gab es nur eine einfache Hütte, und jetzt ist es eine prächtige Holzhalle.

Wie immer war es in Guayaquil sehr heiß. Neu einchecken nach Quito, obwohl man in dasselbe Flugzeug steigt. Da gibt es immer viel Durcheinander, weil keiner so recht weiß welcher Schalter zuständig ist.

Englisch ist hier auch nicht unbedingt die Flugverkehrssprache.

So schloss ich mich einer Gruppe von Amerikanern an, die ich gefragt hatte, ob sie auch nach Quito wollten. Und prompt standen wir alle in der falschen Reihe.

Als wir uns Quito näherten wurde angesagt, dass die Temperatur dort in 2.800 m Höhe 12 Grad sei. Prima. Alle zogen sofort ihre Strickjacken an. Ich nicht. Ich hatte meine Strickjacke Inge mitgegeben, weil sie ja auf dem offenen Schiff zurückfahren musste.

Am Flughafen in Quito erwartete mich Schubby und brachte mich ins Hotel ‚Colon', wo ich mit meiner Reisegesellschaft schon drei Jahre zuvor gewohnt hatte. Für eine Nacht US $ 60, uff.

Das waren etwa DM 200,-, und in dieser Zeit ungeheuer viel.

Sonntag, 22. Juli 1984

An diesem Morgen Frühstück mit Schubby und Ingehild im ‚Colon'.
Das ist auch seltsam.
Im Hotel kann ein normaler Übernachtungsgast gar nicht frühstücken. Von meiner ersten Reise war mir das nicht bekannt.

Schubby
(Heinrich-Albert)

Ingehild

So spazierten wir fröhlich in den Frühstücksraum mit tausend wundervollen Angeboten.

Da wir jedoch nicht zu einer Gesellschaft gehörten, komplimentierte man uns elegant umgehend wieder hinaus.

Es gab jedoch im Hotelgebäude noch ein einfaches Frühstücksrestaurant für jedermann.
Wir brauchten ja auch nur unser Zusammensein.

Dann zählte ich mein Geld und hatte noch 600 Sucres. Die gab ich einem Taxifahrer, der ein wenig Englisch sprach, und bat ihn, mich in Quito spazieren zu fahren. So konnte ich noch eine interessante Sightseeing-Tour machen und all die wunderschönen Plätze und Kirchen wiederfinden, die mich drei Jahre zuvor so beeindruckt hatten.

Endlich zum Flughafen. Hier gab es etwas Verwirrung weil ich ohne Gepäck reiste. Mein Koffer mit Inhalt war ja auf Floreana geblieben.

Bald hob das Flugzeug ab, - ein letzter Blick auf die Straße der Vulkane, - und dann verschwand es in den Wolken.

43 Stunden hatte ich gebraucht, um von Frankfurt nach Floreana zu kommen. Das war Rekordzeit.
Zurück brauchte ich fast 4 Tage.

Diese Reise nach Galápagos war von ganz anderer Art als mein erstes Abenteuer drei Jahre zuvor. Damals stand für mich die Tierwelt im Vordergrund, jetzt waren es die Menschen.
Ich konnte auch nicht wissen, was durch diesen Besuch auf mich zukommen würde durch die Arbeit, die ich mir mit ‚**Postlagernd Floreana**' aufgehalst hatte. – Mit Rundfunk, Presse, Filmgeschichten, Verlagen und vielen vielen Lesern, die mehr wissen wollten.
Und es gibt kein Ende.

Das alles war auch für mich persönlich ein großer menschlicher Gewinn.
Und nun dieser zweite Besuch, der mich fast zu einem Mitglied der Familie gemacht hat.
Er hat mich gelehrt zu verstehen, warum Señora Margarite in aller Welt so verehrt, geliebt und bewundert wird, und dass diese Frau auch wirklich zu bewundern ist.

Luise Maria Dreßler 1984

Noch immer Floreana
1984 - 2000

Nachdem ich am 20. Juli 1984 Floreana verlassen hatte, setzte wieder ein reger Schriftwechsel zwischen Margret Wittmer und mir ein.
Bis zum letzten Brief vom 27. Januar 1991 erhielt ich von ihr 26 lange Berichte, in denen sie mich in aller Farbigkeit an ihrem Leben teilhaben ließ. Dann war es ihr nicht mehr möglich irgendwelche Korrespondenzen zu führen. Inzwischen war sie 86 Jahre alt geworden.
Auf Floreana sorgten die Jachten wieder für ausreichende Betriebsamkeit. Erika machte ihr letztes Examen, blieb weiter in Cuenca, und auch die übrigen Kinder begannen, sich von Floreana zu lösen.

Ingrid Garcia-Wittmer
1985 in Frankfurt-Main

Im März 1985 besuchte mich Enkelin Ingrid, die für ein halbes Jahr nach Deutschland gereist war.
Es war noch einmal ziemlich kalt geworden, und so konnte Ingrid auf dem Feldberg im Taunus bei Frankfurt am Main zum ersten Mal erleben, wie man einen Schneeball formt. - und dass er kalt ist.
Sie ließ ihn erschrocken fallen.
Die Buchungen für die TIP TOP machte jetzt Schubby in Quito.
Er besorgte auch den Lebensmitteltransport zum Flughafen für die TIP-TOP, denn wenn die Taxis eine ‚cara' de Ingles (Galápagos) sahen, gingen die Preise sofort hoch.

1985 kam das norwegische Fernsehen mit Dr. S.G. Hoff, um Aufnahmen von Señora Margarita und von Thor Heyerdahls Steinkopf in den Bergen zu machen.
Ein amerikanisches Fernsehen kam zur gleichen Zeit.
Sie waren aber vor allem am Bau eines Hilton-Hotels für jährlich 125.000 Touristen mit Tennisplätzen, Golfplätzen und Swimmingpools interessiert.

Den Gedanken hielt Margarita für ganz ,wunderbar', besonders nachdem es zwei Jahre nicht geregnet hatte. Die Planer waren einsichtig und gaben ihre Absichten auf.

Auch der Westdeutsche Rundfunk sandte ein Team, um Aufnahmen zu machen und eine Verfilmung des Lebens der Señora nach dem Buch POSTLAGERND FLOREANA zu besprechen.

Dr. Köster, der Leiter des Unternehmens, schrieb in das Gästebuch:

"Am 23.5.1985 Expedition zu Wittmers Farm geglückt. Mit Dank an die Expeditionsleiterin Trudi.

An die Mutter Ingeborg Garcia, an die Großmutter Margret Wittmer, deren aufregendes Leben Stoff für v i e l e Spielfilme liefern würde".

In diesem Jahr hatten alle Enkelkinder von Señora Margarita ihre Schulzeit in Quito bzw. in Cuenca beendet.

Die kleine Ingehild machte als Abiturarbeit eine extra patriotische Arbeit: sie lehrte acht Indios Lesen und Schreiben.

1985 war auf Isabela wieder ein Vulkan ausgebrochen, der die ganze Welt in Aufregung versetzte. Señora Margarita sah das gelassener und schrieb: "Kein Tier, keine Finca und kein Mensch wurde evakuiert. Das ist doch so weit entfernt. Isabela ist doch größer als die Provinz Hessen... Aber es ist doch zum Nachdenken. Als alles nichts half, da fing es für einen Tag auf Isabela an zu regnen. Ein Schauer nach dem anderen für drei - vier Stunden. N u r auf Isabela."

Die Trockenheit auf Floreana wiederum war zum Verzweifeln. Die Rinder starben am laufenden Band, und Inge hatte schon fünf verloren. Die anderen Farmer standen nicht nach. Das wurde im nächsten Jahr abgelöst durch tonnenweise Regen, Tag und Nacht.

Im April 1986 kam ein Fernsehteam vom ZDF mit Silvio Heufelder nach Floreana, um die verkauften Filmrechte zu realisieren. Das war für Wittmers eine große Aufregung, aber das Ergebnis konnte sich sehen lassen, - am 24. August 1986.

Später, am 1. Juli 1988, brachte das Bayerische Fernsehen eine Sendung "KÖNIGIN VON FLOREANA", in der in einer halben Stunde Margret Wittmer noch einmal besonders präsentiert wurde.

Jede Fernsehsendung löst für Señora Margarita eine Flut von Briefen aus. Dieses Mal waren es 140, und alle wollten ein Couvert mit dem Stempel. Einige hatten sogar Rückporto beigefügt.

Da muss man natürlich Verständnis haben, dass die Señora das nicht machen konnte, wenn sie sich auch über die Zuschriften freute.

Ein Zuschauer schrieb an die 'Königin von Floreana', und mit roter Tinte „Margret Wittmer, Floreana im Pazifik, Stiller Ozean".

Die ekuadorianischen Postbeamten schrieben mit schwarzer Tinte darunter "En Ecuador por favor".

Die Reaktionen waren zum Teil sehr amüsant.

So schrieb ein Schlauberger, Margarita hätte eine Kiste mit Gold verschwinden lassen, und sie schreibt: "Stellen Sie sich vor, eine ganze Kiste, und ich großes Rindvieh arbeite 57 Jahre wie ein Esel, dass diese Insel und meine Leute zu etwas kommen.

Und der arme Herr Heufelder, dem es eiskalt über den Rücken lief, bei 35 Grad Hitze!"

Inzwischen bekam die Gouverneursinsel San Cristóbal einen Flugplatz, auf dem zweimal in der Woche große Flugzeuge landen können. Auch die Insel Isabela bekam einen Flugplatz für kleine Flugzeuge, so dass der Inselverkehr etwas lebhafter geworden war.

Rolf und Paquita
zum Besuch in Frankfurt 1987

Im Juni 1987 kam Rolf mit Paquita nach Frankfurt.

Es war Rolfs zweite Reise nach Deutschland nach 51 Jahren. Für Paquita war es die erste.

Sie dauerte vier Wochen, und wir freuten uns über unser Wiedersehen.

1987 erhielt Floreana die erste fest angelegte Straße.

Der 'Auto-Ralley-Weg' führt vom Hafen zur Finca, 'Straße 12. Februar'.

Er ist 7 m breit, und mit dem Traktor ist man in nur 15 Minuten in den Bergen, - gegen 2 Stunden mit dem Esel.

Das erleichtert Inge und den anderen Siedlern natürlich die Arbeit sehr, wenn auch der Gedanke an damit verbundenen Schmutz und Lärm nicht so berauschend ist.

Rolf fährt seit Juli 1995 seine Touristen mit der TIP TOP III durch den Archipel. Sie ist sicher ebenso komfortabel wie TIP TOP II, die ich kennenlernen und bewundern konnte, und die mir ein absolutes Vergnügen bereitete.

Der letzte Brief von Margret Wittmer
an Luise M. Dreßler am 22. Januar 1991

Liebe Frau Dressler.
Gestern am 10 Jahrestag das die
Rentis uns verliess bekam Ich Ihren
Weihnachtsgruss. – Bei uns ist es ganz
nett muss sagen aber gestern kam nach
3 Jahren der erste Guss vom Himmel. –
Am 12. 2. 90 bin ich in meiner Küche
gefallen. – Klitsch Klatsch dann lag ich
da und bis heute ist mit dem Fuss nicht
viel oben. – Erst 3 Wochen Bett mal
hoch das Bein und dann nur so etwas
was man gehen nennt. –
Rip tip ", ist gut ausgedacht und gestern
war er zum Essen hier 14 Pers. Aber das
macht jetzt Ingo & Erika – Ingrid ist
verkehrt manches vom "Sinfas" von Beiers
dorf. Trudy ist verheiratet hat einen Sohn
5/6. 91. 2 Jahre und damit ich 9 Uhr bucke
Der Dollar USA. 1.000 Sucres D. M 650
Sucres. – Und die Gholles hier Sucres 73.000
= 73 USA den Markt. – So ist die Rennt
riesengross 4 lb Reis 1.000 – und unser
für 1991.
                    Ihre Margret Wittmer
             Wie war es auf der Buchmesse
und bitte grüssen Sie mir Frau Schoffler ich
muss so oft an diese Zeit denken. –

Ich war sehr traurig, als ich von Inge und Rolf die Nachricht bekam,
dass Margret Wittmer nicht mehr ihr 96. Lebensjahr vollenden konnte,
- dass sie am 21. März 2000 diese Welt verlassen hat.
In den abenteuerlichen Geschichten des Galápagos-Archipels spielt
Margret Wittmer eine Hauptrolle.

27. Brief - 22. Januar 1991   Isla Floreana
letzter Brief von M. Wittmer an LM Dreßler

Gestern, am 10. Jahrestag, dass die Aunty uns verließ, bekam
ich Ihren Weihnachtsgruß. Bei uns ist es ganz nett heiß, aber
gestern kam nach drei Jahren der erste Guss vom Himmel.
Am 12.2.1990 bin ich in meiner Küche gefallen.
Klitsch Klatsch Bum lag ich da, und bis heute ist mit dem Fuß
nicht viel drin. - Erst drei Wochen Bett und hoch das Bein, und
dann nur so etwas, was man gehen nennt.
TIP TOP II ist gut ausgebucht, und gestern war sie zum Essen
hier, 14 Personen. Aber das macht jetzt Inge mit Erika.
Ingrid ist Verkaufsmanager von Sintas von Beiersdorf. Trudi ist
verheiratet, hat einen Sohn, am 5.6.91 wird er 2 Jahre, und damit
habe ich 9 Urenkel.
Der Dollar US 1.000 Sucres, eine DM 650 Sucres. Und die Ge-
hälter hier Sucres 73.000 = 73 US $ den Monat. So ist die Armut
riesengroß. 4 Pfund Reis 1.000 Sucres.
Maria Meller (Cousine) ist für mich wie meine Mamá. Sie ver-
sorgt mich mit allem, sogar mit Rosenwurst und Mett- und Eifeler
Blutwurst.
Nun haben Sie die sooo sehr gewünschten Enkel. Hoffentlich
machen Sie Ihnen so viel Freude wie ich mit Klein-Harry habe.
Von Freunden aus Irland bekam ich gestern einen so herzigen
Teddy. Gott habe ich mich darüber gefreut.
… Mal sehen, ob ich bis zum 87. im Juli komme.
Dias solo weiß es. Alles Gute für 1991
                                    Ihre Margret Wittmer.
Wie war es auf der Buchmesse. Und bitte grüßen Sie mir Don
Scheffler. Ich muss so oft an diese Zeit denken.

RUHE IM FRIEDEN
MIT GOTTES SEHGEN

MARGRET WITTMER WALBRÖEL

• 12 JULI 1904 KÖLN = BEKAM IHREN GOTTES SEHGEN AM 21 MÄRZ
  2000 AUF FLOREANA GALAPAGOS.

KINDER: ROLF und INGE FLOREANITA WITTMER, ENKELKINDER UND
UHRENKELKINDER, TEILEN IHRE BEKANTE UND FREUNDE MIT DAS DIE
BEERDIGUNG AM 22 MÄRZ UM 17:OO UHR STATFINDET.

Floreana, 22 märz 2000

Luise Maria Dreßler
Hammarskjöldring 89
D 60439 Frankfurt-Main

12. Juli 2000

Liebe Inge, lieber Rolf,

heute vor 16 Jahren war ich zum letzten Mal bei Euch, und wir haben zusammen den 80. Geburtstag der Señora Margarita gefeiert.
Ich war sehr betrübt, als ich erfuhr, dass ihr erfülltes Leben nun am 21. März ihre Ruhe gefunden hat.
War doch die Bekanntschaft mit ihr für mich ein ganz besonders nachhaltig beeindruckendes Erlebnis, das mich auch heute noch bewegt.
Ich denke, auch Ihr vermisst sie sehr, wenn auch die letzten Jahre für Euch alle eine ziemlich schwere Belastung waren.
Auch für die Galápagos-Inseln hat eine Institution aufgehört zu sein. Doch denke ich, die Erinnerung an Margarita wird lebendig bleiben, weil sich ein solch tapferes Leben nicht wiederholen lässt.
Ich hoffe, Ihr kommt gut zurecht und wenigstens einige Eurer großen Kinder- und Kindeskinderschar stehen Euch zur Seite.
Darüber würde ich ja gern mal mehr hören.

Ich habe mit meinem Lebensgefährten Willi Birkelbach, den Ihr ja kennt, ein neues Buch geschrieben, das soeben veröffentlicht wurde und schon einen sehr guten Absatz hat. Doch glaube ich, das es nun wirklich das letzte war.
Immerhin habe ich damit drei Bücher in die Welt gebracht, die drei bzw. vier bedeutende Menschen in ihrem Wirken im 20. Jahrhundert zum Vorbild haben:
Margret Wittmer, Bruno und Helmut Dreßler, Willi Birkelbach. Das ist doch eine ganz beachtliche Bilanz.

Übrigens habe ich POSTLAGERND FLOREANA **actual** auf den letzten Seiten noch einmal etwas verändert und mit dem 21. März abgeschlossen. Damit wäre dann wohl auch überhaupt, jedenfalls von mir aus, die Würdigung der Wittmer-Familie beendet.
Wenn Ihr also irgendwann Bedarf an neuen Büchern ACTUAL habt, lasst es mich wissen. Ich lasse dann wieder welche drucken.

Heute sende ich liebe Wünsche nach Floreana.
Laßt wieder von Euch hören.

Luise

79

Die Wittmer-Familie auf Floreana/Galápagos Ekuador, Südamerika

---

Heinz Wittmer   ∞   Margret Walbröl-Wittmer
* 1891 † 1963   * 1904 † 2000
|
Harry * 1919 - † 1951
-----------------Kinder----------------------

Rolf * 1933   Inge Floreanita * 1937
∞   1957   ∞   1958
Paquita Garcia-Castro   Mario Garcia-Castro † 1969
---------------Enkel----+-------------

Margret Rose * 1958   Ingrid Maria Flory * 1960
∞ 1980 Eduardo Mahauad   ∞ 1991 Lenin Haro
        * 1982 Jorg Antonio   * 1993 Madeleine
        * 1983 Jalile
        * 1985 Eduardo
        * 1992 Xavier
        * 1993 Santiago

Heinrich Albert (Shubby) * 1960   Trudi Beatrix Maria * 1963
∞ 1987 Martha Patricia Bustamante   ∞ 1988 Ivan Escarabay
        * 1988 Christiana Margarita   * 1989 Harry
        * 1990 Nicolas   * 1993 Hans

Elisabeth Charlotte * 1964   Erika Mercedes * 1964
∞ 1987   Fabian Salzar
        * 1988 Fabian Adres

Ingeborg Hildegard * 1965
∞ 1993   Santiago Cubas
        * 1989 Rolfi
        * 1993 Anneliese

Charles Rolf * 1966   Gardenia Margarita Wittmer
∞ 1990   Ximena Naranjo   * 1992
        * 1991 Charles jr.   (Rolf mit Gardenia Ortega)
        * 1993 Felipe

Es lässt mich nicht los, dieses Galápagos,

und was ich im Vorwort zur 2. Ausgabe von „Postlagernd Floreana" nach meinem ersten Besuch im Jahre 1981 schrieb: 'Man bringt Erinnerungen für das ganze Leben zurück', berührt mich auch heute noch zutiefst.

Margret Wittmer wurde von ihrer Familie, für die sie die Mühen und Plagen 67 Jahre lang auf sich genommen hatte, in ihren letzten Lebensjahren liebevoll umsorgt. Ihre Warmherzigkeit und ihre Courage auf den ‚Verzauberten Inseln' haben ihr in der ganzen Welt Respekt und Ansehen geschaffen.

1992 wurde ihr das deutsche Bundesverdienstkreuz verliehen.

Ihre lebhaften und langen Briefe vermisse ich sehr. Doch ich war froh, dass ich mit der Familie noch lange verbunden blieb, und dass sie mich weiter an ihrem Ergehen teilhaben ließ.

Rolf schrieb am 1. Januar 1996:

„… Mutti ist schon lange nicht mehr in der Lage, Briefe zu beantworten oder zu lesen. Alles, was Du hast an guter Nachricht oder Wünschen sende direkt an mich…
Schreib uns bitte mal wieder, wir freuen uns. Rolf und Inge."

Ich hoffe und wünsche so sehr, dass dieses an Naturwundern reiche Paradies im Pazifik durch ökologische Vernunft unzerstört der Nachwelt erhalten bleibt, wenn auch die Hoffnungen schwinden.

Heute besuchen schon 150.000 Menschen die Inseln, und auch die Einwohnerzahl hat sich seit 1981 von 6.000 auf 25.000 vermehrt.

Selbst auf der einsamen Insel Floreana, wo es lange Zeit nur die Wittmer-Pension gab, sind inzwischen mehrere Unterkunftsmöglichkeiten.

Es war für mich ein unverhoffter Glücksfall, dass mir meine Begegnung mit Margret Wittmer 1959/60 ermöglichte, die Inseln zu einer Zeit kennen zu lernen als der Tourismus noch nicht so bedeutend war.

Doch ist es faszinierend, sich mit diesem Naturwunder auch ohne Besuch vertraut zu machen.

Inzwischen ist in unzähligen Büchern, Zeitungen und Filmen über die Wittmers und Floreana geschrieben worden.

Es wurde versucht, den ‚tödlichen Geheimnissen', die sich dort zugetragen haben sollen, auf die Spur zu kommen.

Nie ist es wirklich gelungen. Vielleicht gibt es gar keine Geheimnisse.

Frankfurt/Main 2015, Luise Maria Dreßler

Rolf Wittmer
02.01.33 - 11.09.11

Rolf, der erste registrierte Eingeborene von Galápagos, ist am 11.September 2011 auf der Insel Floreana gestorben und auf dem kleinen Friedhof bei seinen Eltern beigesetzt.

Seine Familie ist Eigentümer der TIP TOP Flotte und Pioniere im Tourismus auf Galapagos seit 1982.

Im November 1969 begann Captain Rolf Wittmer seine erste Jacht zu bauen und für Touren im Archipel anzubieten. Sie wurde extra für 6 Passagiere geplant und gebaut: Die Motorjacht "TIP TOP I". Das neue Schiff erhielt bald großen Zuspruch wegen des ausgezeichneten Service und der persönlichen Aufmerksamkeit, die Rolf Wittmer seinen Gästen schenkte. Dieser besondere Ruf hielt sich über die Jahre.

TIP TOP bedeutet „Oben", aber in der deutschen Sprache auch „Spitze", also großartig, ganz oben. Das „Beste von allem", „perfekt".

Die **«Rolf Wittmer Turismo Galápagos Cia. Ltda.» Quito Ecuador** (Familie) ist heute Eigentümer und Betreiber der TIP TOP Fleet, TT II von 1998, TT III von 2001 und TT IV von 2006.

Die Schiffe TIP TOP bieten einen hohen Sicherheitsstandard und viel Komfort.

Darüber hinaus hat sich das Management dem Prinzip des nachhaltigen (sanften) Tourismus verpflichtet.

Die TIP TOP IV z.B. hat 10 Kabinen für 16 Passagiere, alle mit privatem Bad und 2 Einzelbetten - auf Wunsch ist ein Doppelbett möglich.

Und Floreana ?

Rolfs Schwester Inge Floreanita führt heute das Hostal Wittmer am Puerto Velasco Ibarra auf dem Familien-Areal. Es ist ein kleines Hotel.
Sie hat ihrer Mutter Margret Wittmer, die die Pension gründete, viele Jahre dabei geholfen. Heute hilft ihre Tochter Erika, die Kesse.
Inge heiratete Mario Garcia Castro, einen jungen Radio-Techniker aus Quito, in einer sehr faszinierenden Love Story.
Paquita, Marios Schwester, wurde Rolfs Frau.

Erika * 1964   Inge und Luise Dreßler 1984

Es gibt 8 Zimmer mit privatem Bad und heißem Wasser. Sie sind farbig gestaltet, mit privaten Balkonen und Blick auf das Meer.
Die Lebensmittel sind selbst angebaut und geerntet.
Das Essen ist hier sehr gut. Man wird nicht hungrig von Floreana gehen.

Das Haus ist direkt an der berühmten Black Beach, eine der historischen Landungsstellen von Floreana. Und der einzige Sandstrand – schwarz.

Inges Haus hat sich wundersam verwandelt.

Die Welt ist voller Überraschungen!

Nein, nicht nur auf den Galápagos-Inseln, auch in Ostwestfalen zwischen Paderborn und Gütersloh.

Durch eine Fernsehsendung erfuhr ich Ende 2014, dass es hier einen Bauernhof gibt, der sich

FLOREANA-LANDMARKT

nennt. In einem kleinen Dorf: Wadersloh, Heideweg 8.

Das machte uns neugierig, und bald machte ich mich mit meiner Mutter Luise Dreßler auf die Reise.

Dort trafen wir eine aparte Dame, die uns ihre Geschichte erzählte.

1983 hatte ihr Schwiegervater einen Hof erworben, der einen Namen brauchte. Er nannte ihn „Floreana", weil gerade die ganze Familie das Buch von Margret Wittmer ‚Postlagernd Floreana' gelesen hatte.

Es hatte sie außerordentlich beeindruckt, und der Name klang so melodisch und blumig. Er passte so gut zu einem gut geplanten Apfelhof.

Als Margit Paschen 1986 heiratete beschloss das junge Paar eine Hochzeitsreise zu den Wittmers auf Floreana/Galápagos.

Margit konnte nicht ahnen, dass es auch ihr ganzes Leben bestimmen sollte. Sie hatte Gelegenheit sich lange mit Margret Wittmer auf Floreana zu unterhalten. Auch das Buch ließ sie sich von der Señora signieren.

Und von dieser Fortsetzung - Actual - besitzt sie einige Exemplare.

Margit entschied, ihren Hof - nicht weit von ihrem 'Landmarkt' - auf ähnliche Weise zu führen wie die Wittmer-Familie.
Das ist ihr großartig gelungen.

Auf mehr als 200 qm bietet sie alles an, was man aus Obst und Gemüse machen kann. Nicht bestrahlt und nicht bewachst.
Alle Produkte stammen aus regionalem Anbau.
Erdbeeren, Himbeeren, Heidelbeeren, Äpfel, Zwetschgen, Kartoffeln, Gemüse, Kräuter, Säfte und Vieles mehr.
Der große Verkaufsraum ist fantastisch und fantasievoll gestaltet.

Margit Paschen und Luise Dreßler auf ,Floreana' in Wadersloh

Die beiden Damen hatten sich mehr als zwei Stunden so viel zu erzählen, dass wir fast unsere weiteren Familien-Verabredungen verpassten.
Wir nahmen natürlich einen Riesensack Äpfel und Naschwerk mit auf die Reise. Köstlich !
Da fahren wir mal wieder hin !

Seit meiner frühen Kindheit höre ich von Galápagos, und ich kannte auch Margret Wittmer seit ihrem letzten Besuch in Deutschland 1959/60.
Vielleicht reise ich doch noch nach ,Floreana'
            um das alles selbst zu sehen.
 Inge ist mit Erika ja auch noch da.

Klaus Dreßler, 2015

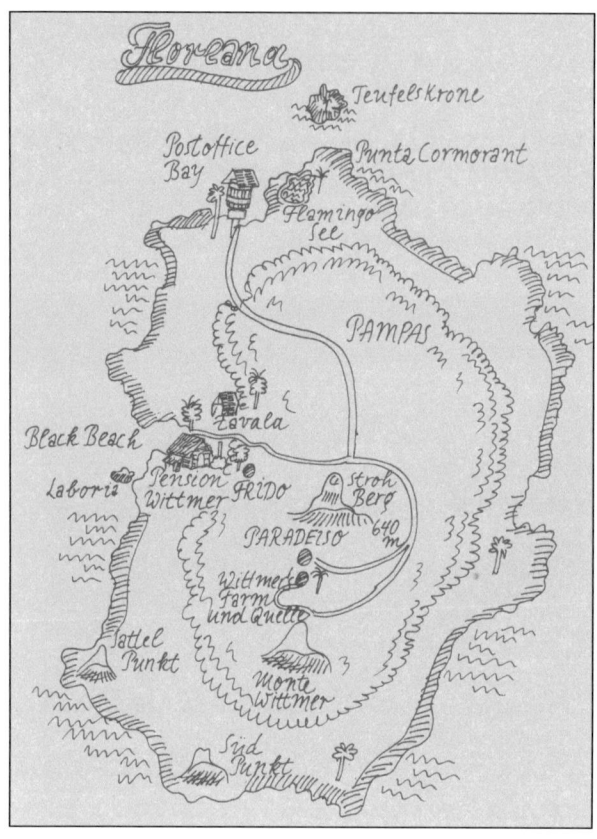

Floreana

Die Galápagos-Inseln

wurden 1535 durch den Bischof von Panama, Fra Tomas de Berlanga, entdeckt. Sie erhielten im Laufe der Jahrhunderte durch englische, französische und spanische Expeditionen und durch Ekuador verschiedene Bezeichnungen, die heute noch zum Teil neben den offiziellen Namen gebräuchlich sind.

Galapagos-Inseln wurden sie genannt nach den Elefanten-Schildkröten, die Galapagos heißen.

Weil die Inseln in der Garúa-Zeit, der kleinen Regenzeit im Herbst, im Nebel oft nicht wiedergefunden werden konnten, nannte man sie „Islas Encantadas", - die 'Verzauberten Inseln'.

Der offizielle Name ist heute:

'Archipiélago de Colón', Kolumbus-Archipel

Offizieller Name	Engl.Name	andere
Baltra	South Seymour	
Bartolomé	Bartholomonew	
Beagle	Beagle	
Caldwell	Caldwell	
Champion	Champion	
Cowley	Cowley	
Crossmann	Crosman	
Daphne	Daphne	
Darwin	Culpepper	Guerra
Eden	Eden	
Enderby	Enderby	
Espanola	Hood	
Fernandina	Marborough	Plata
Gardner	Charles	
Gardner	Hood	
Genovesa	Tower	Ewres
Guy Fawkes		
Isabela	Albermarle	Isabela de C.
San Gertrudis		
Marchena	Bindloe Tores	
Onslow (b.Charles)	Evils Crown	(Teufelskrone)
Pinta	Abingdon	Gerandino
Pinzon	Ducan	Dean
Plaza	Plaz-Islets	
Rábida	Jervis	
San Cristobal	Chatham	Dassigney,Grande
Santa Cruz	Indefatigable	Bolivia,Norfolk
Porter, Valdez		
San Salvador	James	Santiago,Olmedo
Gil, York		
Santa Fé	Barrington	
Santa Maria	Charles	Floreana
Seymour	North Seymour	
Sin Nombre	Nameless	
Tortuga	Brattle Nunez,	Gasna
Wolf	Wenman	Genovesa,Ewres

Buchveröffentlichungen

von Luise Maria Dreßler-Wille

www.dressler.home.de   luise@dressler-home.de

1959   Das Märchen von den drei Apfelbäumen
Bilder Gerhard Oberländer, Text Luise Maria Wille (Dreßler)
Schönste Bücher   Büchergilde Gutenberg

1983   Postlagernd Floreana
Margret Wittmer (1932 – 1959)   (1. Ausgabe 1960)
2. Ausgabe, bearbeitet und Vorwort: Luise Maria Dreßler
Büchergilde Gutenberg, Frankfurt-M.,   Deutscher Bücherbund, Stuttgart
ISBN 3-7632-2811 x   vergriffen   285 Seiten, viele Abbildungen
        Fortsetzung ab 1960 = dieses Buch

1991   Bruno Dreßler   (Gründer der Büchergilde Gutenberg)
Bildungsverband der Deutschen Buchdrucker 1903 – 1933
            und Büchergilde Gutenberg 1924 – 1946
Privatdruck: Luise Maria Dreßler   55 Seiten, viele Abbildungen
    1999   neu zum 75-jährigen Jubiläum der Büchergilde

1997   Erfüllte Träume
Bruno und Helmut Dreßler und die Büchergilde Gutenberg 1924 – 1974
Erzählt und kommentiert von Luise M. Dreßler
    2005 neu Books on Demand
ISBN 3-00-015678-X   vergriffen   340 Seiten, viele Abbildungen

2000   FAZIT   Gelebt – bewegt
Willi Birkelbach, der erste Datenschutzbeauftragte weltweit
Unter Mitwirkung von Luise Maria Dreßler
Schüren-Verlag Marburg
ISBN 3-89472-172-3   295 Seiten, viele Abbildungen

2001   Ein Mädchen, fast von Lande
Eine Familienchronik von Luise Maria Dreßler - Wille
Books on Demand, Norderstedt   228 Seiten, viele Abbildungen
ISBN 3 – 8311 – 2103 – 6   vergriffen
    2014   neu erweitert priivat   228 Seiten (kleinere Schriftgröße)

2010 Die Schönsten Bücher, Helmut Dreßler 100 Jahre 2010
Die Büchergilde Gutenberg von 1947 - 1974
Alle "Schönsten Bücher der Büchergilde" 1930 – 1974
ISBN 978 – 3 -00-032359-1 Privatdruck   85 Seiten, 100 Abbildung